फिर से जहाँपनाह

फिर से जहाँपनाह

प्रभाकर श्रोत्रिय

लोकभारती प्रकाशन

लोकभारती प्रकाशन
पहली मंजिल, दरबारी बिल्डिंग, महात्मा गांधी मार्ग
प्रयागराज-211 001

वेबसाइट : www.lokbhartiprakashan.com
ईमेल : info@lokbhartiprakashan.com

शाखाएँ : 1-बी, नेताजी सुभाष मार्ग, दरियागंज
नई दिल्ली-110 002
अशोक राजपथ, साइंस कॉलेज के सामने
पटना-800 006
1, अनमोल सोराबजी संतुक लेन, धोबी तलाव,
मरीन लाइंस, मुम्बई-400 002

पहला संस्करण : 1997
वर्तमान संस्करण : 2024

मूल्य : ₹ 595

बी.के. ऑफसेट
नवीन शाहदरा, दिल्ली-110 032
द्वारा मुद्रित

PHIR SE JAHANPANAH
by Prabhakar Shrotriya

ISBN : 978-81-978414-0-8

संकेत

नाटक के पहले अंक में आधुनिक युग का भविष्य तक विस्तार है और दूसरे अंक में मध्यकाल का अतीत तक। दोनों क्रमशः राजनीतिक व्यवस्था की प्रजातांत्रिक और तानाशाही प्रणाली के प्रतीक हैं। इक्कीसवीं शती के पात्र ही 18वीं शती में रूप बदल कर आते हैं। इसलिए हर पात्र की दो भूमिकाएँ हैं, जो अंततः सत्ता-चरित्र की भीतरी समानता को सूचित करती हैं।

कलकत्ता

—प्रभाकर श्रोत्रिय

फिर से जहाँपनाह

(क्रमशः 21वीं शती के पात्रों का रूपांतरण 18वीं शती के पात्रों में होता है। एक पात्र की दो भूमिकाएँ)

(21वीं शती/18वीं शती)

प्रमुख पात्र

पुरुष :

1. मंगलम् (कारावास मंत्री)/ आदमशाह (बादशाह)
2. गुणगान (सचिव)/ शफी खान (सलाहकार)
3. त्यागमूर्ति (धन धंधा कमीशन मंत्री)/ कासिम खान (दारोगा)
4. अब्दुल्ला (विद्रोही पार्टी का एक नेता)/ असदुल्ला (सिपहसालार)
5. अनंत चक्रवर्ती (मुखिया)/ मंगल सिंह (वजीरे आज़म)
6. वर्मा (गृह-वित्त मंत्री)/ नूरशाह (आदमशाह का भाई बाद में बादशाह)
7. कबीर/ कबीर (आम आदमी/ सूत्रधार)

स्त्री पात्र :

1. वसुंधरा (विद्रोही पार्टी की एक नेता)/ हाज़रा (मलिका-ए-आलिया)
2. जुही (प्रधान की स्टेनो)/ सईदा (नृत्यांगना, शाह की प्रेमिका)

गौण पात्र :

1. काली (राष्ट्रीय कारावास अभिभावक संस्थान का प्रधान)/ दरयाव सिंह (डाकू)
2. विलियम (पत्रकार)/ गुप्तचर अधिकारी
3. देशपांडे (पत्रकार)/ तेज प्रसाद
4. असलम (पत्रकार)/ उस्मान मियाँ (अफरातफरीवाला)
5. कौशिक (पत्रकार/ प्रतिवादी वकील)/ कुमारदास "जुगनू" (भाट कवि)
6. दरबान/ शफ़ी खान का विश्वस्त सिपाही
7. वादी वकील/ मीर मोहम्मद (मानवता का पक्षधर धर्म में अनास्था)
8. कौशिक (पत्रकार)/ बलवान सिंह (विद्रोही पार्टी का नेता) बलवाई
9. इम्तियाज़ (राजापुर का युवराज)
10. काल-पुरुष/ काल-पुरुष

अन्य :

गायक मंडली, सिपाही

अंक—एक

दृश्य—एक

मंच पर अंधकार। तेजस्वी वृद्ध काल-पुरुष (सिर के पीछे चक्र) तीव्र प्रकाश आवर्त में मंच पर नृत्य गति में घूमता हुआ दूसरे पार्श्व से निकल जाता है। कोने में बैठे फटेहाल आदमी पर प्रकाश केंद्रित।

आदमी : कबिरा इस संसार में मारा जाता रोज़।
मैं पैदल इंसान हूँ किसे हमारा सोच॥

मंच प्रकाश से भर जाता है। आधुनिक युग को प्रकट करने वाले चिह्न लगे हैं। नेपथ्य से वायुयानों, मोटरों, मशीनों की आवाजें।

(कबीर चौंककर देखता है)

कबीर (आदमी) : अरे कितने युग बीत गए मेरे बाहर और भीतर से। ....आह! कितनी टापों से रौंदा गया हूँ मैं, कितने खंज़र हुए हैं आर-पार! बदल जाता है सब कुछ—समय, ऋतुएँ और हवाएँ, तुर्रे, ताज़, पगड़ी, हैट और टोपी; चेहरे मुखौटे और नकाबें! अगर नहीं बदलती तो मेरी यह हालत और यह जगह; जहाँ/ हूँ/ मैं/ इस वक़्त.....जूठी पत्तल की तरह फिंका हुआ!

नहीं.....उन्होंने कम नहीं किया मेरे लिए! **(फीकी हँसी से)** सब कुछ तो वे मेरे लिये ही करते हैं... योजनाओं के पहाड़ खड़े करते हैं....ताज्जुब, मैं दबता ही जाता हूँ उनके बोझ तले....मेरी भूख पर जम कर बहसें होती हैं—गुप्त भवनों में....पाँच सितारा में.... किसी ठंडी पहाड़ी पर....ठंडे दिल से....लेकिन जाने क्या होता है हर वक़्त मेरे पेट की आग और धधक उठती

है....आप....आप...आप....कोई तो बताओ—सत्ताओं के शब्द मुझ तक आते-आते अर्थ क्यों खो देते हैं? क्षितिज पर दिखने वाला सुंदर रूप, पास आते ही घिनौने आकार में क्यों बदल जाता है? व्यवस्था की झाड़-पोंछ, उलट-पलट जो भी करूँ, धूल की पर्त और गहरी होती जाती है! हर बार सिंहासन तक पहुँचाता हूँ आदमी को, लेकिन देखता हूँ वहाँ बैठा है गोरिल्ला। अरे वहाँ कैसे बैठ गया है गोरिल्ला!

(कुछ लोग आते-जाते हैं। कबीर आँखें गड़ाकर चकित देखता है।)

अरे! ये तो वे ही लोग हैं! वोई पुराने राजे-महाराजे, बादशाह! हर युग में इनसे मिलता हूँ, नहीं नहीं इनसे पिटता हूँ, कत्ल होता हूँ। इस सदी में भी इनसे छुटकारा नहीं। लो—फिर आ गये ये लोग! **(आँखें मलता है,...दुबारा देखता है)** नहीं कोई धोखा नहीं हुआ है मुझे! ये वे ही लोग हैं...बार बार वे ही....भागो.... भागो **(चिल्लाते हुए भाग जाता है)।**

(अंधकार)

(मंच प्रकाशित। कबीर कोने में उकड़ूँ बैठा देख रहा है। कोरस-गाते हुए जुलूस आता है:)

शहर में चंदा गाँव में लूट
टैक्स बढ़े नौ, दो की छूट।
महँगाई दस, सस्ता चार
रिश्वतखोरी की भरमार।

नेताजी का बड़ा कमाल
कत्ल करें खुद, खुद बेहाल।
छुट्टे चीते बंधक गाय
कौन सुनेगा अपनी हाय।

(धड़धड़ाते हुए दो पुलिस वालों का प्रवेश। मंडली उल्टे घूम जाती है। भक्ति भाव में झूमती हुई गाती है :)

ईश्वर अल्ला तेरे नाम
ईसा, मूसा तू ही राम
महावीर, नानक, घनश्याम।

कबीर : **(स्वगत, खिलखिलाते हुए)** अच्छा बेवकूफ बनाया!

सिपाही-1 : भजन मंडली है स्साली! सुबह-सुबह दिन अशुभ कर दिया!

सिपाही-2 : गाली बकता है! आहा, कितना प्यारा भजन गा रहे हैं! **(प्रणाम करता है)**

सिपाही-1 : बड़ा भगत बनता है, शाम को अपने बापों को क्या देगा-सिट्टा?

(दोनों का बकझक करते प्रस्थान। मंडली फिर से घूम जाती है। गाती है:)

उल्लू, भालू मरकट बाज
हम पर मिल कर करते राज
खोटे सिक्के मोटे दाम
बिकते हैं जनता के नाम।

(मंडली नारे लगाती है—)

वे सरकार/ हम बेकार
वे बोफोर्स/ हम बेफोर्स
वे हवाला/ हम बेहाला
वे लाऊ/ वे खाऊ
वे चाचा/ वे ताऊ।

(कबीर नारों के साथ सिर्फ हाथ उठाता है)

अब्दुल्ला : विद्रोही दल

सब : जिंदाबाद

बलवान : चक्करवर्ती की सरकार

सब : चोर उचक्के चौकीदार

(नारे थमते हैं)

वसुंधरा : तो ऽऽ इनको गद्दी पर बिठाया किसने?

एक : हमने ही (**वेदना से**) हर बार गलती हो जाती है हमसे.....

दो : तो करोगे क्या भाई! कीचड़ कहीं से उठाओ, इस सिरे से या उस सिरे से, कीचड़ ही रहेगा न!

(बहस करते सबका प्रस्थान)

दृश्य—दो

मंच के अगले भाग में आमने-सामने से त्यागमूर्ति और मंगलम् अपनी धुन में आते और बीचों-बीच टकरा जाते हैं। एक दूसरे को घूरते और पहचानते हुए हाथ मिलाते हैं।

त्यागमूर्ति : कहो भाई मंगलम् कैसा चल रहा है विभाग?

मंगलम् : हमारे कारावास विभाग में तो मजे ही मजे हैं। आप अपने विभाग की बताओ।

त्यागमूर्ति : हमारा मंत्रालय भी बहुत तर चल रहा है।

मंगलम् : किधर जा रहे हैं?

त्यागमूर्ति : चक्रवर्तीजी के बंगले और आप?

मंगलम् : हम भी वहीं, चलिए।

(मंच के भीतरी भाग में चक्रवर्ती सोफे पर, कुर्सी पर स्टेनो जूही। मंगलम् और त्यागमूर्ति हड़बड़ी में एक-दूसरे से उलझते-पुलझते पहुँचते हैं। दंडवत् करते हैं। चक्रवर्ती गौर से देखता है।)

चक्रवर्ती : **(मुसकराकर)** उठो! उठो!!

(दासमुद्रा में खड़े हो जाते हैं, फोन बजता है।)

चक्रवर्ती : हलो....बेवकूफ, चपरासी की नियुक्ति है या गवर्नर की?....अच्छा, दल का कार्यकर्त्ता है.....चिपका दो... अरे, बेचारा गरीब है, उम्र तो अधिक होगी ही, नियम शिथिल कर दो। **(फोन रखता है) (त्यागमूर्ति को ध्यान से देखते हुए)** आज बड़े छैला बने हो त्यागमूर्ति!

त्यागमूर्ति : वो क्या है कि श्रीमान्, रिबेट चल रहा है न इन दिनों।

चक्रवर्ती : अरे, तुम्हारे लिए तो तीन सौ पैंसठ दिन ही रिबेट है त्यागमूर्ति....धन-धंधा-कमीशन मंत्री जो ठहरे....।

त्यागमूर्ति : वो कहते हैं न श्रीमान् कि चैरिटी जो है न, वह ''एट होम'' से शुरू होती है। **(सूटकेस टेबल पर रखते हुए)** तुच्छ भेंट है श्रीमान्। **(चक्रवर्ती उड़ती निगाह से देखता, ध्यान हटा लेता है।)** मंगलम्, यह बताओ कि हुड़दंग में पिटा वह गुर्गा.....अरे वही विद्रोही पार्टी का सरगना कश्यप....क्या हुआ उसका, मर तो नहीं गया न!

मंगलम् : मर जाएगा श्रीमान्।

त्यागमूर्ति : क्या किसी ज्योतिषी ने भविष्यवाणी की है क्या?

मंगलम् : श्रीमान् उसे मोतीपुरा अस्पताल के जनरल वार्ड में रखवा दिया है वहाँ ग्यारंटेड काम होता है।

चक्रवर्ती : **(ठहाका)** खूब....**(गंभीर होता हुआ)** लेकिन भई मंगलम्, कारावास विभाग सुधारो, बहुत गड़बड़ है।

मंगलम् : दीवारें ऊँची करवा दी हैं श्रीमान्! नए मज़बूत फाटक...

चक्रवर्ती : वो सब ठीक है! लेकिन अब तक सिर्फ पाँच दिमाग ही दुरुस्त कर पाए! इतना धीमा काम मिस्टर मंगलम्!

मंगलम् : श्रीमान् लगता है विद्रोहियों के खोपड़े स्टील के बने हैं, कुछ घुसता ही नहीं।

चक्रवर्ती : हर चीज़ खोपड़ी की तरफ से ही घुसती है क्या?...
(मंगलम् लजाता-सा खी-खी करता है)

चक्रवर्ती : और तुम्हारे स्टील प्लांट की क्या प्रगति है त्यागमूर्ति?

त्यागमूर्ति : धड़ाधड़ पुलिस के डंडे ढल रहे हैं श्रीमान्।

चक्रवर्ती : आखिर पब्लिक सेक्टर है, वहाँ जनहित के काम नहीं होंगे तो कहाँ होंगे!

(दरबान का प्रवेश)

दरबान : श्रीमान् पत्रकार-गण साक्षात्कार लेने आए हैं।

चक्रवर्ती : **(फोन उठाता है)** अकरम, दूरदर्शन को फोन कर दिया?....कब तक?......हूँ **(दरबान से)** भेजो।
(दरबान का प्रस्थान, पत्रकार आते हैं)

चक्रवर्ती : आइए, आइए।....भई देशपांडेजी, वाह, भई खूब लिख रहे हैं इन दिनों! कौशिकजी.....आपके क्या हाल हैं? भैया, कलम से उस्तरे का काम न लिया करो।..... बैठिए, बैठिए आप लोग। **(जोर से)** भई मेहमानों के लिए कुछ लाओ।
(दूरदर्शन टीम आ जाती है। पत्रकार बैठते हैं। चक्रवर्ती पोज देता है।)

देशपांडे : माननीय मुखियाजी! इन दिनों देश में यह सब क्या....

चक्रवर्ती : क्या कमी है देश में? कम्प्यूटर, टी० वी०, व्हस्की, कारें **(हँसते हुए)** और कुछ चाहिए आपको प्लॉट-व्लाट...

(देशपांडे चापलूस विनम्रता दिखाता है)

कौशिक : मुखियाजी! आपने विद्रोही पार्टी पर हमला करने वालों के विरुद्ध क्या कार्रवाई की?

चक्रवर्ती : कारावास में डाल दिया है।

कौशिक : आगे....

मंगलम् : और क्या करें, उल्टा लटका दें?

चक्रवर्ती : नियमानुसार सब होगा, लेकिन कौशिकजी इस मामले के दूसरे पहलू पर जरा राष्ट्रीय परिप्रेक्ष्य में विचार करें। यह नैतिक प्रश्न है। विद्रोही दल का कोई नैतिक मूल्य ही नहीं है।

कौशिक : (**व्यंग्य से**) क्यों होने लगा? वे आपके विरोधी जो हैं!

चक्रवर्ती : विरोध से सरकार का बाल बाँका नहीं होता कौशिकजी, हमारी सरकार चुनी हुई सरकार है, गठजोड़ की नहीं!

कौशिक : मतलब जो चाहे सो कर सकती है! विरोधियों पर हमले भी करवा सकती है....

असलम : ये मामले गंभीर हैं। इससे देश में दंगा होने के आसार पैदा हो गए हैं।

मंगलम् : हम दंगों-वंगों से नहीं डरते।

कौशिक : नहीं, दंगे ही आपसे डरते हैं श्रीमान्।

चक्रवर्ती : निगरानी बढ़ा दी है, सुरक्षा व्यवस्था और कड़ी कर दी गई है। स्थिति पर कड़ी नजर रखी जा रही है.... और कुछ?

त्यागमूर्ति : कौशिकजी, एक बात कहें, बुरा मत मानिए, भाई विज्ञापन के बारे में तो आपने हमारे हाथ ही बाँध दिए!

विलियम : आप समाचार-पत्रों को धौंस दे रहे हैं?

चक्रवर्ती : आचार संहिता का पालन तो करना चाहिए न सभी को!

विलियम : तथाकथित आचार संहिता का डर दिखाकर आप अखबारों को अपने कर्तव्य से वंचित नहीं कर सकते।

चक्रवर्ती : लेकिन अखबार को आपसे वंचित तो कर सकते हैं न!

(विलियम का चेहरा फक्)

कौशिक : समाचारपालिका प्रजातंत्र का चौथा खंभा है। आप.....

चक्रवर्ती : इमारत तीन खंभों पर भी खड़ी रह सकती है। कुतुब मीनार तो एक ही खंभे पर खड़ी है। **(सामूहिक हँसी)**

देशपांडे : सर, आप भी खूब हैं! इतने तनावों में भी हँस लेते हैं!

चक्रवर्ती : न हँसे तो पागल हो जाएँ देशपांडेजी! पर हमारा मन भीतर से रोता रहता है, जनता जनार्दन की पीड़ा से हाय हाय करता है।

असलम : **(नाटक की उपेक्षा करते हुए)** क्या आप बताएँगे कि घायल कश्यप कहाँ और किस हालत में है।

चक्रवर्ती : खतरा पूरी तरह टला नहीं है स्थिति तनावपूर्ण, लेकिन नियंत्रण में है।

असलम : **(खीझते हुए)** लेकिन कश्यप है कहाँ?

चक्रवर्ती : आपके ख्याल में कहाँ होना चाहिए मरीज को? स्वीमिंग पूल में? असलम मियाँ, कश्यप महानगर के मुख्य चिकित्सालय की गहन चिकित्सा इकाई में है।

कौशिक : ऐं....ऐं....सचमुच!

चक्रवर्ती : क्यों इसमें चौंकने की क्या बात है?

कौशिक : गहन चिकित्सा-इकाई को मंत्रीगण, आला अफसर वगैरह खाली कहाँ रहने देते हैं?

असलम : कश्यप नाम का कोई मरीज वहाँ नहीं है मुखियाजी!

चक्रवर्ती : गोपनीयता बरती गई है ताकि उत्तेजना न फैले।

विलियम : उत्तेजना तो पूरे देश में फैली है। बेकार युवा पीढ़ी सड़कों पर उतर आई है।

चक्रवर्ती : बेकार उतर आई! इसीलिए परिवार नियोजन आवश्यक है।

विलियम : क्या आप युवा पीढ़ी के बारे में बिलकुल गंभीर नहीं हैं?

चक्रवर्ती : क्यों नहीं होंगे भाई। हमारे चुनाव में क्या आप काम करते हैं?

त्यागमूर्ति : बेकार बातों में मुखियाजी का समय क्यों नष्ट करते हैं? राष्ट्रीय अंतर्राष्ट्रीय स्तर के सवाल पूछना हो तो पूछिए।

देशपांडे : माननीय आप अपनी राष्ट्रीय नीति पर कुछ प्रकाश डालेंगे?

चक्रवर्ती : अवश्य डालेंगे, क्योंकि हमारी नीति संसार में सर्वश्रेष्ठ है।

असलम : वह नीति क्या है श्रीमान्?

चक्रवर्ती : हमारी नीति, नीति है कोई खेल नहीं!

विलियम : तो वही बताइए न!

चक्रवर्ती : आप नीति नहीं समझते तो पत्रकार कैसे हो गए?
(देशपांडे हँसता है, बाकी सब खीझते हैं)

विलियम : हुँह नीति। चारों ओर शोषण और विषमता....

चक्रवर्ती : वह तो ब्रह्मा की सृष्टि में भी है। उनसे जाकर पूछो कि आपकी नीति क्या है?

असलम : तो आपको देश की समस्याओं से कोई मतलब नहीं।

चक्रवर्ती : क्यों नहीं है? सबको मुख्यधारा से जोड़ना है।

विलियम : मुख्यधारा! मुख्यधारा क्या होती है?

चक्रवर्ती : राष्ट्रीय मुद्दे आपको समझना चाहिए मिस्टर विलियम। आजकल के पत्रकार कुछ पढ़ते-वढ़ते नहीं; पहले कैसे-कैसे पत्रकार होते थे.....

विलियम : आप अपनी विदेश नीति के बारे में कुछ बताएँगे?

चक्रवर्ती : यह विदेशों से जाकर पूछो!

कौशिक : (**पत्रकारों से**) छोड़ो यार, मुखियाजी से राष्ट्र के नाम संदेश ले लें और छुट्टी (**चक्रवर्ती से**) हाँ दीजिए माननीय....

चक्रवर्ती : (**सरपट भाषण-मुद्रा में**) प्यारे राष्ट्रवासियो! हमारा राष्ट्र शस्यश्यामला मलयजशीतला है, फिर भी हम इसका दोहन नहीं कर पा रहे हैं। हमें प्रतिज्ञा करना है कि हम देश का दोहन करेंगे, इस पवित्र कार्य में पूरे विश्व को निमंत्रण देंगे। वसुधैव कुटुंबकम्। हमें चौंसठ कलाओं और चौदह विद्याओं का संरक्षण-संवर्द्धन करना है। हमें मंगल तक जाना है। हमें क्रयशक्ति बढ़ाना है। हमारी प्रतिज्ञा है प्राण जाएँ पर क्रयशक्ति न जाय, चाहे विदेशी उद्योग ही क्यों न बुलाना पड़ें। वतन को बनाएँगे ताकतवर तेंदुआ की तरह, इसीलिए तेंदूपत्ता को हमने राष्ट्रीय नीति बनाया है। हमें अपनी महान परंपरा पर गर्व है। हम इसे आगे बढ़ाएँगे। मेरा हाथ बटाइए राष्ट्र निर्माण में। धन्यवाद। नमस्कार।

(सभी धन्यवाद देकर उठने लगते हैं, तभी सिपाही का प्रवेश। चौकन्नी दृष्टि से देखता है। मंगलम् के कान में कुछ कहता है, मंगलम् मुखिया के कान में कहता है। पत्रकार उठते उठते बैठ जाते हैं।)

असलम : क्या? क्या हुआ?

चक्रवर्ती : वही जिसकी आशंका थी। (**शोक से**) आदरणीय कश्यपजी का देहांत हो गया। देखिए मिस्टर असलम

कितना करुण अंत हुआ इस कांड का! लड़ाई से क्या फ़ायदा? **(सिपाही से सक्रोध)** डॉक्टर झखमार रहे थे क्या? हम इन्हें कितनी महँगी शिक्षा देते हैं। अस्पतालों में महँगे उपकरण मँगाते हैं। विदेशी मुद्रा खर्च होती है इसमें। हमारी विदेश यात्रा में कटौती होती है। हमारे इतने बड़े बलिदान के बाद भी ये लोग नहीं बचा सके एक मूल्यवान् प्राण। महानगर का इतना बड़ा चिकित्सालय.....

सिपाही : माननीय वो तो.....

चक्रवर्ती : चोप! खबरदार!! निकम्मों के पक्ष में एक शब्द भी कहा तो ऽऽ **(मंगलम् से)** सबको सस्पेंड करो जी! **(सिपाही को दिखाकर)** इसे भी। सच पूछिए तो इस पूरे कांड की ज़िम्मेदारी विद्रोही पार्टी की है। ये लोग जनशत्रु हैं! देशद्रोही हैं!!

सचिव : **(फुसफुसाकर)** सर, शोक संदेश....

चक्रवर्ती : हमारा हृदय टुकड़े-टुकड़े हो गया......महान देशभक्त कश्यपजी की मृत्यु से जो क्षति हुई है उसकी पूर्ति इस पूरी इक्कीसवीं सदी में नहीं हो सकती। **(सक्रोध)** कुछ लोग हंगामा खड़ा करके जनता की शांति भंग करते हैं! वे देश की एकता और अखंडता को नष्ट करते हैं; परिणाम क्या होता है? **(रुआँसा)** मारे जाते हैं बेचारे निर्दोष नागरिक, अबला स्त्रियाँ, अबोध बच्चे और कश्यपजी जैसे देशभक्त! **(आँसू पोंछता है)**।

मंगलम् : **(पत्रकारों से)** आप लोग नोट नहीं कर रहे?

कौशिक : आप लोगों के शोक संदेश हमें कंठस्थ रहते हैं।

विलियम : महोदय, एक ओर तो आप विद्रोही पार्टी को देशद्रोही कहते हैं और दूसरी ओर उसके नेता को महान् देशभक्त....

चक्रवर्ती : अरे, तो लंका में विभीषण नहीं हुआ था क्या? (**पीछे हाथ बढ़ाकर**) प्रेस नोट....

(**कुर्सी के पीछे से एक व्यक्ति प्रेस नोट का पैकेट लेकर उठता है, जुही प्रेस नोट बाँटती है।**)

असलम : इतनी जल्दी प्रेस नोट! शोक संदेश और सहायता की घोषणा भी!

चक्रवर्ती : कम्प्यूटर, रडार वगैरह हमने किस काम के लिए लगाए हैं। त्वरित सरकार त्वरित प्रेस नोट!

(**उपहास करते हुए सबका प्रस्थान**)

दृश्य—तीन

मंगलम् और त्यागमूर्ति

त्यागमूर्ति : यार मंगलम् तुम आज तक उस फटीचर अखबार "समय सारथी" पर छापा तक न डलवा सके! धिक्कार है तुम्हारे मंत्री पद को।

मंगलम् : मुझे क्यों मरवाते हो। चक्रवर्ती छोड़ भी दे, पर वह गृह-वित्त मंत्री वर्मा खा जाएगा।

त्यागमूर्ति : ऐसी तैसी वर्मा की। उसे मैं देख लूँगा....तुम्हें दिलवाया जाएगा गृहमंत्री पद....

(सचिव गुणगान का प्रवेश)

त्यागमूर्ति : लो, मिस्टर गुणगान भी आ गए! आइए सचिव महोदय!

गुणगान : सर, मुझसे कोई अपराध हुआ, सर?

मंगलम् : मिस्टर गुणगान!

गुणगान : सर!

मंगलम् : वो मुखियाजी जानना चाहते थे—"समय सारथी" पर छापा डाल दिया?

गुणगान : सर, मौखिक आदेश से कैसे.....कुछ लिखित मिल जाता सर!

मंगलम् : मुखियाजी के मौखिक आदेश से तुम्हारी एक मिनट में छुट्टी हो सकती है.....

गुणगान : सर!

त्यागमूर्ति : आपका केस बहुत जटिल है मिस्टर गुणगान, बड़े गंभीर आरोप हैं आप पर!

गुणगान : सर, वे झूठे हैं। मेन्यूपलेटेड!

मंगलम् : देखेंगे....तो फिर क्या सोचा गुणगान!

गुणगान : सर, वो क्या है कि गृह-वित्तमंत्री वर्माजी नहीं चाहते कि प्रेस पर जोर-जुल्म हो! सर हम लोगों की तो दोनों तरफ से मौत .....

मंगलम् : उसे समझा देंगे। आप तो.....

गुणगान : सर! सर, आरोप क्या लगाया जाए?

मंगलम् : सचिव आप हैं या हम?

त्यागमूर्ति : आपको कल्पनाशील होना चाहिए!

मंगलम् : आपकी अक्ल और कब काम आएगी?

गुणगान : कल सर!

मंगलम् : ठीक है। मामला निपटा कर तत्काल सूचना दो।

गुणगान : सर! **(आदेश में सिर झुका कर प्रस्थान)**

(मंगलम् और त्यागमूर्ति ठहाका लगाते हैं।)

(अंधकार)

(प्रकाश/ त्यागमूर्ति अकेला बैठा है, फोन बजता है।)

त्यागमूर्ति : हलो.....कौन मलिक?.....मलिक इलेक्ट्रॉनिक्स....बात कराओ...हल्लो मलिक साहब हाँ भई चुनाव में तो आप ही का सहारा है.....अरे हुक्म तो कीजिए। एक नहीं सौ काम करेंगे.....ठीक है, आज ही काली को लगा देते हैं....नहीं, उसकी ज़रूरत नहीं, मुखियाजी को छोड़िए, यह तो हमारे पावर की बात है। जी, जी हाँ.......। नमस्कार। **(फोन रखता है, उठाता है)** मुखियाजी से मिलाओ....हलो मुखियाजी, प्रणाम!.... भीतर की खबर है श्रीमान् कि गृह-वित्तमंत्री वर्मा आपके खिलाफ षड्यंत्र कर रहा है...मुझे लगता है कि यह चुनाव हरवा देगा।.....हाँ आपसे बच कर कहाँ जाएगा!....हाँ सर, वह "राष्ट्रीय कारावास अभिभावक-संस्थान" के अध्यक्ष के लिए एक उम्दा आदमी मिल गया है,.... अरे नहीं माननीय शत प्रतिशत अपना आदमी है....जी, जी एकदम भरकंप! ......नाम है काली यानी कालिका प्रसाद.....हाँ बड़ी हरामी चीज़ है,....हमारे काम की है। विश्वास रखिए एकदम योग्य आदमी है।.....डिग्री?....अपना आदमी है श्रीमान् जीवन भर आपके हुकुम में रहेगा।...**(हँसता है)**। फोन रखता हूँ श्रीमान्! **(फोन रखता है। नंबर घुमाता है, पार्श्व में घंटी बजती है, फोन उठाए आरक्षक आता है। फोन स्टूल पर रखता है। चोंगा उठाता है।)**

आरक्षक : श्रीमान्‌जी मैं थाना नवाबगंज 007 से हेड कांस्टेबिल भीमबहादुर ठप्पा बोल रहा हूँ जयहिन्न!....

त्यागमूर्ति : हम, धन-धंधा-कमीशन मंत्री त्यागमूर्ति।

आरक्षक : **(फोन पर सेल्यूट ठोंकते हुए जी)** सर, हुजूर, श्रीगान्!

त्यागमूर्ति : काली को बंगले पर हाजिर करो।

आरक्षक : हुजूर कौन काली?

त्यागमूर्ति : काली को नहीं जानते? थाना में फेहरिस्त नहीं रखे हो क्या? अरे वही डाली पेलवान का लड़का।

आरक्षक : फौरन से पेश्तर हाजिर करता हूँ जनाब! **(फोन पर सेल्यूट करता है)** जयहिन्न।

(फोन लेकर प्रस्थान)

(त्यागमूर्ति टहल रहा है। आरक्षक धक्का देते हुए काली को लाता है।)

काली : **(सेल्यूट करते हुए बदहवास)** कालिका प्रसाद उर्फ काली वल्द डाली पेलवान मुकाम मुन्नाखेड़ी परगना भामपुर हाल मुकाम मकड़ी टोला शेवक पेसी हाजिर! **(त्यागमूर्ति को देखकर चहकते हुए)** हुजूर आप!

त्यागमूर्ति : **(मुश्किल से हँसी रोकता है, आरक्षक की ओर उपेक्षा से देखते हुए)** जा सकते हो।

(आरक्षक काली को घूरते हुए सेल्यूट करके चला जाता है।)

त्यागमूर्ति : **(हँसते हुए)** क्या समझे थे? थाने में हो? **(काली हीं हीं कर हँसता है)** आजकल क्या चल रहा है?

काली : निठल्ले घूम रहे हैं सरकार। आप सुध ही नहीं लेते हमारी।

त्यागमूर्ति : हम नहीं लेंगे तो कौन लेगा? जमा दिया है तुझे।

काली : बड़ी किरपा। अबकी परमानेंट चौकीदार की जगह है न!

त्यागमूर्ति : अरे, तू अफसर हो गया है अफसर!

काली : अफसर! क्या करना होगा सरकार!

त्यागमूर्ति : कुर्सी पर बैठे-बैठे सोते रहना। सरकारी दफ्तर नहीं देखे हो क्या?

काली : नहीं सरकार सिरिफ थाना देखे हैं।

त्यागमूर्ति : देख लोगे। समझ जाओगे, लेकिन खबरदार!

काली : **(हड़बड़ा कर)** क्या मालिक!

त्यागमूर्ति : हमको धोखा दिया तो ठीक नहीं।

काली : **(गले पर हाथ रखकर)** गले की कसम साहब हम आपके हुक्म पर जान दे दूँगा।

त्यागमूर्ति : ठीक! हमारी किरपा रही तो और भी तरक्की करोगे।

(काली पैरों पर लोटता है)

त्यागमूर्ति : कालिका प्रसाद! अभी तुझे एक काम सौंपते हैं। देखें तेरा दम खम!

काली : हुकुम मेरे आक़ा।

(त्यागमूर्ति उसके कान में कुछ कहता है)

काली : बस हो गया समझें चुटकी में......

(जोश से जाता है।) (त्यागमूर्ति के चेहरे पर चाल की सफलता का गर्व)

(अंधकार)

दृश्य—चार

चक्रवर्ती सोफे पर। जुही सटी बैठी है। विलासी चेष्टाएँ। सहसा निजी सचिव अकरम आ जाता है। मुखिया हड़बड़ा जाता है। जुही चुपके से खिसक जाती है।

चक्रवर्ती : **(उसके आने पर ध्यान न देते हुए, ऊपर देखकर)** हाँ, तो मैं लिखा रहा था, देश की अर्थव्यवस्था पर.....सरकार...

अकरम : हाँ, सर देश की अर्थ.....

चक्रवर्ती : ऐं...तुम कैसे? **(आसपास देखते हुए)** वह कहाँ गई?

अकरम : जुही? वह तो चली गई.....

चक्रवर्ती : क्यों? तुम क्या कर रहे हो यहाँ?

अकरम : सर, त्यागमूर्तिजी आए हैं।

चक्रवर्ती : आए हैं तो क्या करूँ? मैं क्या डरता हूँ किसी से?

अकरम : नही सर! आप अत्यंत गोपनीय कार्य कर रहे थे, इसलिए...

चक्रवर्ती : कौ.....कौन-सा गोपनीय कार्य?

अकरम : वही जुही वाला....बजट संबंधी....

चक्रवर्ती : हाँ, हाँ, बजट संबंधी....

अकरम : मुझे दे दीजिए डिक्टेशन सर

चक्रवर्ती : जुही वाला डिक्टेशन तुझे कैसे दे दूँ...? गधे कहीं के, हमारी सारी विचारधारा भंग कर दी....

अकरम : सर माफी चाहता हूँ, बजट ज़रूरी है। जुही को गंगा की सफाई वाला डिक्टेशन दे दीजिए।

चक्रवर्ती : जुही को गंगा से क्या लेना-देना?

अकरम : जी सर! त्यागमूर्तिजी को भेज दूँ।

चक्रवर्ती : **(खीझकर)** और क्या करोगे अब! भेजो।

(अकरम खिसियाते हुए चला जाता है। चेहरे पर प्रतिशोध। चक्रवर्ती टेबल पर टाँग पसारकर सोचने की मुद्रा में। अकरम कोने में जाकर कबीर से फुसफुसाकर बात करता है। त्यागमूर्ति का प्रवेश)

त्यागमूर्ति : माननीय किस चिंता में खोए हैं?

चक्रवर्ती : देश के बारे में सोच रहा था।

त्यागमूर्ति : बुरी हालत है देश की। इस वर्मा के कारण एक तरफ समाचार-पत्र हमसे नाराज़ हैं, दूसरी तरफ पूँजीपति!

चक्रवर्ती : पूँजीपति क्यों नाराज़ हैं?

त्यागमूर्ति : असल में वर्मा है बेवकूफ। पूँजीपतियों पर शिकंजा कस रहा है। क्या चुनाव में हम गली-गली में भीख माँगने निकलेंगे? (फोन बजता है)

चक्रवर्ती : हलो.....वर्मा? भेज दो। (फोन रखता है) कमबख़्त आ रहा है।

त्यागमूर्ति : तो मुझे आज्ञा दें। मुझसे बिदकता है वर्मा......

चक्रवर्ती : ठीक है। जरा चुनाव का माहौल सम्हाले रहना.... वर्मा को देखता हूँ।

(त्यागमूर्ति का प्रस्थान। वर्मा का प्रवेश।)

वर्मा : नमस्ते।

चक्रवर्ती : हाँ कहिए।

वर्मा : नए साल का बजट अनुमोदन के लिए लाया हूँ।

चक्रवर्ती : हाँ, बताएँ।

वर्मा : इस बजट में कम्प्यूटर, टी०वी०, रेशमी कपड़े, शराब, सिगरेट जैसी विलासिता की चीजों पर सौ प्रतिशत टैक्स बढ़ाने का प्रस्ताव है। इससे देश को पाँच हजार करोड़ की आय होगी, जिसे हम.....

चक्रवर्ती : (व्यंग्य) यतीमों में बाँटेंगे!

वर्मा : ऐं हाँ, नहीं, श्रीमान्, योजनाओं में....

चक्रवर्ती : **(कुछ तैश में)** आगे.....आगे बताओ....

वर्मा : जो जीवन-रक्षक पदार्थ हैं, जैसे नमक, गेहूँ, तिलहन, मोटा कपड़ा, मिट्टी का तेल आदि इन पर टैक्स में साठ प्रतिशत छूट....

चक्रवर्ती : **(सव्यंग्य)** इससे कितनी आय बढ़ेगी?

वर्मा : केवल तीस करोड़ का घाटा होगा। परंतु गरीब जनता को कई गुना राहत मिलेगी।

चक्रवर्ती : इतनी मामूली-सी राहत के लिए तुम विलासिता पर टैक्स बढ़ा रहे हो।

वर्मा : हमारी सरकार की नीति है गरीबी-अमीरी की खाई को कम करने की!

चक्रवर्ती : लेकिन हमने मूल्यों की राजनीति करने की घोषणा की है, आप जानते हैं न!

वर्मा : जी, इसीलिए तो ऽऽ

चक्रवर्ती : क्या खाक इसीलिए तो ऽऽऽ। आप खाक करते हैं मूल्यों की राजनीति! अरे हम विलासिता का मूल्य ऊँचा कैसे रख सकते हैं? जीवन-रक्षा का मूल्य कैसे घटा सकते हैं? गरीबों का जीवन विलासिता से अधिक मूल्यवान है कि नहीं?

वर्मा : कल ही तो आपने भाषण दिया था कि....

चक्रवर्ती : दिया ही था न! किसी का कुछ लिया तो नहीं! भाषण तो हमें देना ही पड़ता है! पड़ता है कि नहीं....!

वर्मा : लेकिन गरीबी के बारे में....

चक्रवर्ती : अच्छा वर्माजी, जरा विलासिता को परिभाषित कीजिए! अरे भैया, जिसे रोटी नहीं मिलती, उसके लिए रोटी भी विलासिता है। है कि नहीं? मंत्रीजी,

ज़माना बैलगाड़ी से सुपरसॉनिक तब पहुँच गया और आप हैं कि बैलगाड़ी हाँक रहे हैं। **(चारों ओर देखकर)** बताओ कहाँ है गरीबी? हमें तो कहीं नहीं दिखती।

वर्मा : हाँ माननीय यहाँ तो ऽऽ....

चक्रवर्ती : भगवान पर भरोसा रखो! करतार ने दुनिया ही ऐसी रची है, ऊँच-नीच तो रहेगी ही। पापी दंड भोगेंगे, और पुण्यात्माओं को दंड देने वाले हम कौन? विधाता के न्याय में बाधा डालने वाले...

वर्मा : माननीय आप मुझे इस पद से मुक्त कर दें तो मैं भी भगवान के भजन में लगूँ।

चक्रवर्ती : यह फाइल देख रहे हैं न! आपकी ही है! कारावास में प्रेम से भगवान का भजन कीजिए!

(वर्मा काँपने लगता है।)

वर्मा : आप इस हद तक....! मैं सोच भी नहीं सकता था।

चक्रवर्ती : आप सोच सकते होते तो हमें इस हद तक जाने की ज़रूरत क्यों पड़ती? वर्माजी, चुनाव सर पर है! हमको एकजुट रहना है। चुनाव जीतना है। चुनाव बहुत महँगा हो गया है—है कि नहीं!

वर्मा : जी, लेकिन यदि हम गरीब जनता का ध्यान नहीं रखेंगे तो हमारा जानाधार समाप्त हो जाएगा।....

चक्रवर्ती : वह हम देखेंगे।

(वर्मा का खिन्नता से प्रस्थान)

(दरबान अंगूर लाता है, मस्ती से खाता है)

(अंधकार)

दृश्य—पाँच

बैनर लगा है—कार्यालय विद्रोही पार्टी

वसुंधरा, अब्दुल्ला और बलवान बहस कर रहे हैं।

अब्दुल्ला : बलवान भाई! समझ में नहीं आता, इस जनम में हमें कुर्सी मिलेगी भी या नहीं?

बलवान : जनता से पूछो! अपने अधिकारों के प्रति जागरूक ही नहीं है वह!

वसुंधरा : जनता अपने दुखों का असली कारण ही नहीं जानती।

अब्दुल्ला : उसे बताना है असली कारण, यह है भ्रष्ट सरकार! इसे बदलना है!

बलवान : (**तैश में व्यंग्य से**) बदलना है! अरे मियाँ सरकार को बदलना खेल नहीं है।

वसुंधरा : न सही, लेकिन अगर हम जनता को जाग्रत नहीं करेंगे तो कौन करेगा?

बलवान : यह काठ की हाँडी में खीर पकाना है मैडम!

अब्दुल्ला : चुनाव सर पर है और आप जाग्रत-जाग्रत की रट लगा रही हैं। अरे इस वक्त तो जनता को भड़काने की कोई तरकीब सोचो!

बलवान : खाक सोचें! चारों तरफ भुखमरी है, भ्रष्टाचार है, देश कर्ज में डूबा है, महँगाई के ये हाल हैं कि झोला भर नोट में झोला भर सब्जी नहीं आती। इस पर भी अगर जनता नहीं भड़कती तो क्या भूकंप उठा दें! अंधड़ चला दें!

अब्दुल्ला : हड़कंप, भूकंप, अंधड़। वही तो होता है असली चुनावी मुद्दा।

बलवान : कैसा अंधड़।

अब्दुल्ला : दंगे का मामला गर्मागर्म, जज़्बाती रहेगा। (**भाषण मुद्रा**) हाल के दंगों में हज़ारों नौजवान फ़ना हो गए, औरतें विधवा हो गईं, बहनों के भाई, माओं के लाल

छिन गए। लोग बेघर हो गए। सारा मुल्क़ नफरत का परनाला बन गया। ऐसी नाकारा सरकार को हटाना है!

बलवान : अब्दुल्ला! अब्दुल्ला!! भाषण बंद! वे सीधे-सीधे कह देंगे हमने भड़काए हैं!

अब्दुल्ला : कैसे, हमने तो उलटे शांति रैलियाँ निकाली थीं।

बलवान : कब? जब शांति हो गई! दंगे में तो दड़बे में छिपे बयान देते रहे!

वसुंधरा : अशिक्षा को मुद्दा क्यों नहीं बनाते आप लोग?

अब्दुल्ला : आपा हुजूर! इससे क्या होगा?

वसुंधरा : सारे बुद्धिजीवी हमारे साथ हो जाएँगे।

अब्दुल्ला : मुट्ठी भर बुद्धिजीवियों की औक़ात ही क्या है! अव्वल तो ये वोट देने ही नहीं जाते, प्रजातंत्र में इनकी भागीदारी सिर्फ जुबानी है और बाकी पढ़े-लिखे अफसरान वगैरह; तो, उनका तो एक ही नारा है—जिसकी सरकार उसे नमस्कार! (जोश से) मास अपील! मास अपील़ की कोई तजवीज!!

वसुंधरा : बेरोजगारी, गरीबी, रिश्वतखोरी, मल्टी नेशनल्स का दबाव—वगैरह....

बलवान : कुछ दम नहीं है इनमें—वह भी कर के देख नहीं चुके हैं क्या हम? अब्दुल्ला ठीक कहता है....

अब्दुल्ला : कोई उत्तेजना, कोई आँधी, कोई लहर, कोई हुल्लड़...

बलवान : यार धर्म वर्म या जात-वात का मामला उठा लें!

अब्दुल्ला : यह सब हमारे पुरखे पिछली सदी में कर चुके हैं। मंडल-कमंडल वगैरह!

बलवान : वैसे भी यार हम सियासी लोगों को धरम वरम से क्या लेना देना! दोनों हाथों में लड्डू रखना ही हमारा धरम है।

अब्दुल्ला : और कुर्सी ही हमारी जात।

(दोनों हो-हो कर हँसते हैं)

वसुंधरा : **(तैश में)** फिर सत्ताधारियों में और हममें अंतर ही क्या है?

अब्दुल्ला : सिर्फ यह कि जो सत्ता पा लेता है वह सत्ताधारी और जो पाने की फिराक में रहता है, वह विरोधी!

वसुंधरा : बस! **(सिर पकड़ कर बैठ जाती है)**

अब्दुल्ला : **(बलवान से)** लीजिए ये सिर पकड़ कर बैठ गई मोतरमा! **(वसुंधरा से)** अरे वक़्त को नहीं पकड़ेंगी तो सिर ही पकड़ती रह जाएँगी।

(हॉकर चिल्लाते हुए आता है)

हॉकर : ''समय सारथी'' पर छापा। कार्यालय सील।

अब्दुल्ला : यूरेका! यूरेका!! मिल गया! मिल गया मुद्दा!!

वसुंधरा : क्या बकते हो अब्दुल्ला!

बलवान : उस अखबार की औकात ही क्या है? उसे सील करने से जनता की सेहत पर भला क्या असर पड़ता है!

अब्दुल्ला : **(अखबार पढ़ते हुए)** अरे देखो देखो बलवान! यह बॉक्स न्यूज़। मुखिया की स्टेनो जुही लापता!

बलवान : कहीं चली गई होगी, अखबार वाले तो खामखाँ....

अब्दुल्ला : इतिहास पढ़े हो? पिछली सदी का प्रोफ्यूमो कांड पता है! इंग्लैंड के प्राइममिनिस्टर की गद्दी छिन गई थी।

वसुंधरा : ऐसे पचासों कांडों से क्या आज तक हमारे यहाँ किसी को गद्दी छिनी?

अब्दुल्ला : आपसे बहस में उलझना बेकार है, फिलहाल सुनिए एक कहानी—मुखिया ने सुंदरी के जाल में फँस कर देश के गुप्त दस्तावेज विदेशों को भेजे। इस बीच भेद खुलने पर सुंदरी विदेश भाग गई और जिस अखबार

को इस रहस्य का पता चल गया उसका कार्यालय सील कर दिया गया!

बलवान : यह हुई न राजनीति वाली बात! बढ़ चलो इस लाइन पर!

अब्दुल्ला : तो ठीक है अब्दुल्ला, बोलो हल्ला!

बलवान : उठ बलवान! उठा कृपाण।

(दोनों हाथ में हाथ लेकर नाचते हैं। वसुंधरा सिर पकड़ती है, फिर झटके से चली जाती है। पीछे कबीर दौड़ जाता है।)

(अंधकार)

(धीमा प्रकाश। अकरम चुपके से आता है। वर्मा, कौशिक कबीर पीछे-पीछे। मूक गुप्त चर्चा तेजी से भिन्न-भिन्न दिशाओं में चले जाते हैं।)

दृश्य—छः

तीव्र प्रकाश। चक्रवर्ती, त्यागमूर्ति और मंगलम्

चक्रवर्ती : (अखबार दिखाते हुए) देखा, क्या छपा है? किसने छपाया होगा यह?

त्यागमूर्ति : और कौन? गृह-वित्तमंत्री के अलावा यह हरकत कौन कर सकता है।

मंगलम् : यूँ तो बड़ा संत बनता है वर्मा, लेकिन है परम हरामी।

चक्रवर्ती : यह जुही आखिर गुम कहाँ हो गई!

मंगलम् : हमें जुही को खोजना चाहिए। अगर मिल जाए तो सारा मामला फिस्स हो जाएगा।

त्यागमूर्ति : अरे जुही को छोड़ो, असली जड़ है वर्मा। आखिर "समय सारथी" पर छापा मारने की ज़रूरत ही क्या थी? अखबार नाहक हमारे दुश्मन हो गए!

चक्रवर्ती : अब उसके पर कतरने पड़ेंगे।

त्यागमूर्ति : पर कतरने से नहीं चलेगा श्रीमान्, पत्ता साफ करना पड़ेगा।

मंगलम् : जुही को भी कहीं उसी ने तो गायब न किया हो!

त्यागमूर्ति : (**चक्रवर्ती की ओर सव्यंग्य इशारा करते हुए**) माननीय बेहतर जानते होंगे....या श्रीमती चक्रवर्ती....

चक्रवर्ती : (**एकदम उत्तेजित होकर**) नीच! नाली के कीड़े! तेरे ये तेवर! दो कौड़ी का आदमी था, मैंने शिखर पर बिठा दिया तो तू सचमुच बैठ ही गया! तेरी ये हिम्मत!

त्यागमूर्ति : मुँह मत खुलवाइए। आपने पूरी पार्टी को भयानक दलदल में फँसा दिया है।

चक्रवर्ती : क्या मतलब! क्या मैंने किया है, जो इस अख़बार में छपा है।

त्यागमूर्ति : उत्तरदायित्व तो मुखिया का ही होता है....

चक्रवर्ती : तो ठीक, मैं न्यायिक आयोग बिठाऊँगा। सब साफ़ हो जाएगा।

त्यागमूर्ति : (**हड़बड़ा जाता है, फिर शातिर अंदाज़ में**) देखिये श्रीमान् यह परीक्षा की घड़ी है। हर महापुरुष को परीक्षा देनी होती है। राजनीति....

चक्रवर्ती : उल्लू के पट्ठे हमें सिखाता है राजनीति!

मंगलम् : त्यागमूर्तिज़ी, न्यायिक आयोग में हर्ज़ ही क्या है!

त्यागमूर्ति : न्यायाधीशों का कोई ठिकाना है! उन्होंने अच्छे अच्छों को ठिकाने लगा दिया....यह आग है, इससे खेले कि मरे!....फिर महामहिम मालिक हैं....

चक्रवर्ती : पर स्साले तेरी क्यों...तेरा भी हाथ होगा इस हरकत में ...

त्यागमूर्ति : लीजिए सिर मुँड़ाते ही ओले पड़े। माननीय मैं आपका वही सेवक, सुख में, दुख में...जरा-सी मसखरी का बुरा मान गए!

चक्रवर्ती : मसखरे! यहाँ कुर्सी के लाले पड़े हैं और तू....

त्यागमूर्ति : तभी कहता हूँ कि न्यायाधीशों के चक्कर में पड़े तो कुर्सी गई समझो! आयोग बिठाना हो तो अपने लोगों का बिठा देते हैं....मतलब आप बिठा दें....

मंगलम् : हाँ, हाँ, यही ठीक होगा।

चक्रवर्ती : वे मानेंगे विद्रोही पार्टी के गुंडे....

त्यागमूर्ति : आपका यह सेवक और कब काम आएगा!

चक्रवर्ती : क्या कर लोगे तुम?

त्यागमूर्ति : देखिए क्या करता हूँ। चलो मंगलम्!

(दोनों का प्रस्थान)

चक्रवर्ती : स्साले सब दोगले हैं। हूँ, अभी तो इन खोटे सिक्कों से ही काम चलाना होगा। बाद में देख लूँगा, एक एक को!

(अंधकार/अंतराल-ध्वनि/ प्रकाश)

(मंच के बाहरी भाग में त्यागमूर्ति। चेष्टा से राजनीतिक चाल सोचने का संकेत। काली का प्रवेश।)

त्यागमूर्ति : (प्रसन्नता से) शाब्बास काली। तुमने कुर्सी पर बैठते ही कमाल कर दिया!

काली : और हुकुम मेरे आक़ा?

त्यागमूर्ति : यह पत्र लो, अब्दुल्ला को दे आओ—अपने तरीके से। समझा। बाकी हम लिख ही दिये हैं।

काली : आप कहें तो उसे उठा लाऊँ।

त्यागमूर्ति : ज़रूरत नहीं, वह खुद ही दौड़ा आएगा।

काली : जी मेरे आक़ा।

(तन कर प्रस्थान)

(त्यागमूर्ति मंच के भीतरी भाग में जाता है। भीतरी भाग प्रकाशित। चक्रवर्ती चिंतित बैठा है।)

त्यागमूर्ति : अंदर आ सकता हूँ श्रीमान्?

चक्रवर्ती : आओ, आओ त्यागमूर्ति, मैं तुम्हें ही याद कर रहा था।

त्यागमूर्ति : आज्ञा दीजिए माननीय!

चक्रवर्ती : वर्मा फिर अड़ गया है। हुँह! कहता है जनविरोधी बजट नहीं बनाऊँगा। सोचता हूँ उसे मंत्रिमंडल से निकाल दूँ....तुम्हें बना दूँ वित्त मंत्री?

त्यागमूर्ति : न, न! पार्टी के एक धड़े पर वर्मा की काफी पकड़ है। इस मौके पर हटाना ठीक नहीं...

चक्रवर्ती : तब क्या करें, वह फाइल वाला पासा भी उलटा पड़ा।

त्यागमूर्ति : आप आराम कीजिए। मैं निपटूँगा उस साले से तो ऽऽ

(त्यागमूर्ति का प्रस्थान, दूसरी ओर से चक्रवर्ती जाता है)

(त्यागमूर्ति का पुनः सोचते हुए प्रवेश। फोन घुमाता है।)

त्यागमूर्ति : हलो, मंगलम् जी। थोड़ा कष्ट करेंगे.....आप यहाँ आ जाएँगे मेरे बंगले पर या मैं ही उधर....तो ठीक है, मैं प्रतीक्षा कर रहा हूँ।

(शातिर हावभाव)

(मंगलम् का प्रवेश)

मंगलम् : किस सोच में हैं त्यागमूर्तिजी?

त्यागमूर्ति : आप ही के बारे में सोच रहे थे, आप कुछ दिन नहीं मिलते तो लगता है बरसों हो गए....

मंगलम् : आप हमसे इतना प्रेम करते हैं! वाह!

त्यागमूर्ति : सुना है आपकी वित्त सचिव से खूब पटती है।

मंगलम् : आजकल मेरे बहुत चक्कर लगाता है।

त्यागमूर्ति : क्यों?

मंगलम् : शेयर घोटाले में उसे फाँस दिया वर्मा ने!

त्यागमूर्ति : अरे रे, बेचारा बड़ा सीधा है। वर्मा की ऐसी ही हरकतों से दुःख होता है हमें। उसे बचा देंगे....उसे हिम्मत देना। ये वर्मा हमारी पार्टी को डुबा देगा स्साला! आप वित्त सचिव से कहिए जरा मुखियाजी से मिल ले।

मंगलम् : कोई विशेष बात....

त्यागमूर्ति : कुछ नहीं बजट-वंजट।

मंगलम् : ठीक, तो मैं चलूँ त्यागमूर्ति जी...ज़रा एक बैठक है।

त्यागमूर्ति : हाँ हाँ...लेकिन याद से।

(मंगलम् सिर से हामी भरते हुए चला जाता है त्यागमूर्ति फोन घुमाता है।)

त्यागमूर्ति : हलो.....कालिका प्रसादजी से बात कराओ, हम त्यागमूर्ति....हाँ काली ज़रा बंगले पर आ जाओ।

(सोच में डूब जाता है...)

(काली का प्रवेश)

काली : हुकुम मेरे आक़ा।

त्यागमूर्ति : देखो काली तेईस तारीख को वर्मा दौरे पर जा रहा है राजपट्टन। पच्चीस को बजट पेश करना है पार्लियामेंट में। ध्यान से सुनो। राजपट्टन से वह कार से चलेगा महापुर को, महापुर से बैठेगा हवाई जहाज में।

बताओ कैसे संभव है उसका ठीक वक़्त पर पार्लियामेंट पहुँचना?

काली : इसमें क्या दिक्कत है उसी दिन पहुँच सकते हैं। तीन-चार घंटे का रास्ता ही तो....

त्यागमूर्ति : अरे भाई रास्ता खराब है, जनता जगह-जगह स्वागत करेगी, भाषण सुनने को उत्सुक रहेगी...फिर स्टेट प्लेन का क्या ठिकाना, ईंधन की भी किल्लत है न इन दिनों! मतलब; **(एक-एक शब्द चबाते हुए)** नहीं पहुँच सकता वह बजट भाषण देने पार्लियामेंट। समझे!

काली : समझा। नहीं पहुँचेगा मेरे आक़ा!

त्यागमूर्ति : **(मुस्कराते हुए)** समझदार हो।

(कुटिल हँसी के साथ काली का प्रस्थान)

(त्यागमूर्ति फोन घुमाता है।)

त्यागमूर्ति : हलो! त्यागमूर्ति स्पीकिंग। मुखियाजी से बात कराओ। ...माननीय नमस्कार। आप राजपट्टन जा रहे हैं न 23 को?...23 को तो यहाँ मलिक साहब ने पार्टी रखी है....लेकिन चुनाव में तो उन्हीं से काम लेना है...क्यों न वर्मा को भेज दें, बिजली का कारखाना भी है उद्घाटन कर देंगे....वर्मा मलिक ग्रुप से कट भी जाएगा...बजट का क्या है उसे वित्त राज्य मंत्री रख देंगे....पार्लियामेंट में। वित्त सचिव आपसे मिलने आ रहा है...इच्छानुसार बजट बन जाएगा....वर्मा क्या देगा त्यागपत्र? जन-विरोधी बजट का आरोप लगाकर आपही बर्खास्त कर देंगे उसे।....नहीं नहीं, पार्टी में भी पकड़ ढीली हो जाएगी....पद से हटने पर कौन पूछता है..इधर आपकी इच्छा का बजट भी पास हो जाएगा, उधर वर्मा की बर्खास्तगी से वामपंथी दल भी आपके साथ हो जाएँगे।...वह तो आपकी कृपा है...हाँ

श्रीमान् याद आया जरा अपनी पत्नी भवानी देवी पर भी नज़र रखिए...कुछ ऐसी ही अंदरूनी रपटें मिली हैं फोन पर नहीं बता सकता...जी नमस्कार। **(फोन रखता है)**

(स्वगत) चलो एक तीर से तीन शिकार...**(फोन उठाता है)** देखो अग्निहोत्री....25 ता० को रात 8 बजे पत्रकार परिषद् बुला लो...कुछ नहीं ऐसे ही बैठेंगे, हमारे साथ डिनर हो जाएगा। **(फोन रखता है) (स्वगत)** बस एक बयान देना काफी होगा—"बजट प्रगति विरोधी है" फिर सारे वामपंथी अपनी झोली में!

(प्रसन्न होता है।)

(अंधकार)

दृश्य—सात

जाँच आयोग बैठा है। बीच में चक्रवर्ती, एक ओर त्यागमूर्ति और दूसरी ओर अब्दुल्ला। एक ओर मुस्तैद सचिव गुणगान। सामने बेंच पर दो वकील। आस-पास कटघरे। दर्शकदीर्घा में कुछ लोग। खुसर-फुसर।

गुणगान (सचिव) : शांत। सरकार के विरुद्ध विद्रोही पार्टी प्रकरण में, सरकार और विद्रोही पार्टी की सहमति से गठित जाँच-आयोग की कार्रवाई अध्यक्ष का आदेश हो तो प्रारंभ की जाए।

चक्रवर्ती (अध्यक्ष) : कार्रवाई प्रारंभ की जाए।

(धड़धड़ाते हुए वसुंधरा और बलवान का प्रवेश।)

बलवान : सरासर धोखाधड़ी। करार हुआ था, अध्यक्ष हमारा रहेगा।

वसुंधरा : वरना हम आयोग का बहिष्कार कर देंगे।

(अब्दुल्ला हाथ उठाकर शांत रहने को कहता है।)

चक्रवर्ती : **(कुर्सी से उठकर)** हम भी यही चाहते हैं। आइए अब्दुल्ला साहब।

अब्दुल्ला : **(उसे वापस कुर्सी पर बिठाते हुए)** दोस्तो! इसमें क्या फ़र्क पड़ता है। जनाब चक्रवर्तीजी देश के मुखिया हैं। हमें उनकी इंसाफ पसंदगी पर भरोसा करना चाहिए। पंचपरमेश्वर होता है।

वसुंधरा : **(बलवान से फुसफुसाते हुए)** दाल में कुछ काला है! **(स्वगत)** अच्छा देख लूँगी मैं भी एक-एक को।

चक्रवर्ती : **(मेज पर हथोड़ा मारते हुए)** प्रकरण प्रस्तुत किया जाए!

वादी वकील : मैं श्रीमान् मुखियाजी और उनकी सरकार पर प्रेस के अधिकार का हनन करने और श्रीमती जुही.....

दर्शक (एक) : श्रीमती नहीं कुमारी!

वादी वकील : क्षमा करें, कुमारी जुही की हत्या का आरोप लगाता हूँ। माननीय आयोग से नम्र निवेदन है कि वह मुखियाजी और उनकी सरकार को पद से हटा दें।

चक्रवर्ती : इतने मुर्दा लहेजे में कर ली तुमने पैरवी। वकालत करते हो या घास बेचते हो?

(टेबल के पीछे लगे डंडे पर अपना टोप टांग कर वादी वकील की जगह खड़ा होता है। वकील बैठ जाता है।)

चक्रवर्ती : माननीय आयोग! मैं एक गंभीर आरोप चक्रवर्ती और

(वादी वकील) उसकी सरकार पर लगाता हूँ—बलात्कार, हत्या और प्रेस की स्वतंत्रता का अपहरण करने का। माननीय आयोग! इस देश के मुखिया और जिम्मेदार मंत्रियों ने पहले तो देश के साथ गद्दारी की; गुप्त दस्तावेज़ विदेशों को बेंचे; फिर इस ख़बर को छापने वाले प्रजातंत्र के रखवाले समाचार-पत्र का मुँह बंद करने की घिनौनी साज़िश की। आज ये अनजान बन रहे हैं; लेकिन मैं पूछता हूँ कि फिर ये अपने को देश के प्रहरी किस मुँह से कहते हैं? पाप का रहस्य खुलने के डर से इन धूर्तों, लंपटों और बदमाशों ने एक औरत की जान ले ली। यह सिर्फ हत्या का ही नहीं देश-द्रोह के साथ प्रेस की स्वतंत्रता छीनने का भी जघन्य मामला है। ये दरिंदे तख़्त से उतार कर फाँसी के तख़्ते पर लटकाने लायक हैं। इन्हें कोई हक़ नहीं है शासन करने का, यहाँ तक कि ज़िंदा रहने का भी।

(उत्तेजना से हाँफता हुआ, टोप पहन कर आसंदी पर बैठता है। लोग ''वाह वाह'' करते हैं।)

प्रति० वकील : माननीय आयोग ये आरोप काल्पनिक हैं। ''समय सारथी'' पर संभ्रांत नागरिकों को ब्लैकमेल करने के आरोप हैं। यह भी सही नहीं है कि मेरे मुवक्किलों ने जुही की हत्या की। वह हार्ट अटैक से मरी थी शायद!

दर्शक (दो) : शायद या सचमुच?

प्रति० वकील : हाँ,....शायद सचमुच ही।

चक्रवर्ती : (उठते हुए) इस तरह तो बचा ली तुमने सरकार! खाना खाकर नहीं आए हो क्या?

(टोप टाँग कर, एक फाइल उठा प्रतिवादी वकील की जगह खड़ा होता है। वकील बैठ जाता है।)

चक्रवर्ती (प्रति० वकील) : माननीय आयोग! विद्वान् वादी वकील के मज़ाक का कोई जवाब नहीं। लगता है श्रीमान् कवि हैं जो कल्पना की दुनिया में खोये रहते हैं या जोकर हैं जो सीधे सर्कस से छूट कर आए हैं। क्या इन्हें पता है कि "समय सारथी" अंतर्राष्ट्रीय माफिया से जुड़ा है, लोगों की टोपी उछालना और पीत पत्रकारिता करना ही उसका पेशा है। वह प्रेस के नाम पर कलंक है। इस फ़ाइल पर ग़ौर कीजिए (**फ़ाइल पटकता है**) जहाँ तक जुही का सवाल है क्या प्रमाण है वादी वकील के पास कि किसी मंत्री ने जुही की हत्या की? (**रुआँसा होकर**) माननीय आयोग भारतीय संस्कृति की दृष्टि से एक लड़की के चरित्र पर लांछन लगाना कितना बेहूदा और शर्मनाक है! (**सक्रोध**) विद्रोही पार्टी को हमारे महान देश की प्रतिष्ठा की भी परवाह नहीं। देश के महान नेताओं पर मनगढ़ंत आरोप लगा कर गद्दी हथियाना ही इस पार्टी का लक्ष्य है। यह पार्टी देशद्रोही है; विदेशों से इसकी मिलीभगत है। मैं पूछता हूँ माननीय आयोग कि क्या हार्ट अटैक से किसी की मौत नहीं होती?

बलवान : उसके शव पर घाव के निशान थे।

चक्रवर्ती (प्रति० वकील) : आपने देखे, माननीय आयोग? किसी ने देखे? ऐसे आरोप लगाना मानसिक रुग्णता का प्रतीक है। विद्रोही पार्टी इस रोग का शिकार है। इसे राजनीति में नहीं, मानसिक अस्पताल में भर्ती होना चाहिए था। (**हाँफते हुए, टोप लगा कर आसंदी पर बैठता है**)

वादी वकील : वाह! वाह!! क्या सुंदर भाषण दिया है, प्रतिवादी वकील ने? मानो आयोग में नहीं चौपाटी पर बोल रहे हों! माननीय आयोग मुझे एक साक्षी प्रस्तुत करने की आज्ञा दी जाए।

चक्रवर्ती (अध्यक्ष) : हाँ, हाँ दी।

वादी वकील : डॉ० प्रसन्न राय

(प्रसन्न राय कटघरे में आता है)

वादी वकील : डॉ० राय आपने मृतक कुमारी जुही की शव-परीक्षा की थी?

डॉ० राय : बेशक!

वादी वकील : मृत्यु का कारण?

डॉ० राय : विसरा जाँच के लिए भेजा गया है, अभी रिपोर्ट नहीं आई।

वादी वकील : अभी तक नहीं आई!

डॉ० राय : (चीखकर) हाँ हाँ, नहीं आई। कम सुनते हैं आप! **(दर्शक दीर्घा में हँसी)**

वादी वकील : क्या वह हृदयाघात से मरी थी?

डॉ० राय : कह नहीं सकता।

वादी वकील : इक्कीसवीं शती में एक डॉक्टर यह उत्तर दे रहा है! क्या इतने संवेदनशील उपकरण नुमाइश के लिए हैं?

डॉ० राय : सब बिगड़े पड़े हैं साहब! हमने विभाग को लिख दिया है?

वादी वकील : बस, इसी से डॉक्टर का कर्तव्य पूरा हो जाता है?

डॉ० राय : तो क्या करता? (तैश में) मैं एक डाक्टर हूँ मिस्टर, मैकेनिक नहीं।

वादी वकील : आपने रिपोर्ट में जुही के गर्भवती होने की आशंका प्रकट की है।

(डॉ० राय कुछ हड़बड़ाता है)

त्यागमूर्ति : **(कड़ककर)** डॉ० राय उधर नहीं **(अपनी ओर इशारा करके)** सीधे आयोग की ओर देखकर उत्तर दें।

डॉ० राय : (घबराकर) जी....जी... मुझे तब ऐसा कुछ लगा था....

वादी वकील : डॉ० राय आप डॉक्टर हैं मैकेनिक नहीं...पोस्टमार्टम से क्या किसी डॉक्टर को यह पता नहीं चलता कि किसी औरत के पेट में बच्चा है या नहीं?

डॉ० राय : ऐं, हाँ, अस्पताल की बत्ती गुल हो गई थी...भयंकर दुर्गंध...आप तो एक पल वहाँ खड़े नहीं रह सकते थे।

वादी वकील : (कहानी बनाता हुआ) तो आप दुर्गंध से घबराकर तुरंत बाहर निकल आए। अपने कमरे में घुसे और काग़जों पर दस्तख़त करने लगे!

डॉ० राय : (हताश) और क्या....

वादी वकील : बत्ती गुल थी तब भी आपने दस्तख़त कर दिए?....

डॉ० राय : (दयनीय दृष्टि से त्यागमूर्ति को देखते हुए) मुझे परेशान किया जा रहा है....

वादी वकील : माननीय आयोग (त्यागमूर्ति को घूरते हुए) लगता है डॉ० राय की आत्मा की आवाज़ का बटन कहीं और है.... (हँसी)

त्यागमूर्ति : केवल मुकदमे से जुड़े सवाल पूछे जाएँ।

(डॉ० राय हड़बड़ी में कटघरे से निकल जाता है)

वादी वकील : मेरे दूसरे साक्षी हैं माननीय चक्रवर्तीजी!

चक्रवर्ती : हाँ हाँ आ रहा हूँ।

(टोप टाँग कर, टोपी पहन कर, कटघरे में आता है।)

वादी वकील : मुखियाजी, आपको याद होगा....उस शाम आप मौसम भवन का उद्‌घाटन भाषण दे रहे थे, तब हड़बड़ी में "उद्" शब्द कहते-कहते ही आप क्यों उठ खड़े हुए? उद्‌घाटन शब्द भी पूरा नहीं बोले!

चक्रवर्ती : वह भवन ही आधा बना था, आधे भवन का "उद्"

(मुखिया, साक्षी) ही हो सकता था, उद्घाटन नहीं; आप होते तो उद्घाटन ही कर देते!

(दर्शक दीर्घा में हँसी)

वादी वकील : और वह संदेश, जो आपको मिला था.....**(पैंतरा बदलकर)** वैसे आपकी घबराहट स्वाभाविक थी.... आखिर वर्मा का कुकृत्य कोई मामूली था? आपके बंगले में ही जुही के साथ....

चक्रवर्ती : **(सहसा क्रुद्ध)** नाम मत लो उस हरामी का......हमने उसे चटाई से उठाकर पलंग पर बिठाया और उस कमबख़्त ने पलंग पर....

वादी वकील : बहुत घिनौना...बहुत नीच कृत्य था श्रीमान्! जुही को गर्भ भी उसी से...

चक्रवर्ती : ऐसे ही दोगले लोग सरकार को बदनाम करते हैं।

(दर्शकों में कानाफूसी)

वादी वकील : धन्यवाद माननीय!

(चक्रवर्ती हताश, टोप पहन कर आसंदी पर बैठता है)

प्रति० वकील : माननीय आयोग मुखियाजी की संवेदनशीलता का लाभ उठाकर उनसे गलत बयानी करवायी गई है। आयोग कृपया इस साक्ष्य को कार्रवाई से हटा दे।

त्यागमूर्ति : कैसे हटा दे? यह कोई विधान सभा है क्या? यह आयोग है आयोग!

(प्रतिवादी वकील हक्का-बक्का रह जाता है)

प्रति० वकील : यहाँ कोई भी चीज अपनी सही जगह पर नहीं है। **(तैश में)** ऐसे एब्सर्ड ड्रामे का पात्र बनने को तैयार नहीं हूँ मैं! मेरी समझ से बाहर है यह नाटक!

त्यागमूर्ति : **(आवाज दबाता हुआ)** अरे, पहला बयान प्रतिवादी वकील का था; दूसरा बयान मुखिया जी का है। वही

असली है। तुम्हें भूमिकाओं का भी ध्यान नहीं रहता! **(सहसा वसुंधरा मंच के बाहरी भाग में खड़े कबीर के पास जाती है। कबीर कंबल में छुपी फाइल उसे देता है। वह सीधे कटघरे में आ खड़ी होती है) (सन्नाटा)।**

चक्रवर्ती : तुम? तुम यहाँ कैसे? आयोग की कुछ तो मर्यादा....

वसुंधरा : कैसी मर्यादा? किसने किया है मर्यादा का पालन जो मैं करूँ?

त्यागमूर्ति : आखिर आयोग की भी कोई प्रतिष्ठा होती है....... संविधान का....

वसुंधरा : इन खोखले शब्दों का कोई अर्थ नहीं है मेरे लिए। जिन लोगों ने संविधान की शपथ ली है—उन्होंने रखी है उसकी प्रतिष्ठा? जिन्होंने गीता-कुरान पर हाथ रख कर सच बोलने की सौगंध खाई है, वे बोले हैं सच? तुम सब सत्ता के भेड़िये हो, मिली भगत है तुम्हारी...मैं बयान दूँगी।

अब्दुल्ला : अच्छा दीजिए।

(त्यागमूर्ति सक्रोध अब्दुल्ला की ओर देखता, दाँत किटकिटाता है)

वसुंधरा : मुखिया चक्रवर्ती के जुही से क्या संबंध थे, जग जाहिर है यह।

चक्रवर्ती : **(फुसफुसाकर)** क्या बकती हो? खबरदार!

त्यागमूर्ति : **(चक्रवर्ती से)** सुन लीजिए, तूल मत दीजिए......

(चक्रवर्ती क्रुद्ध आँखों से त्यागमूर्ति को देखता है)

प्रति० वकील : **(स्थिति को भाँपते हुए)** माननीय आयोग सुश्री वसुंधरा बयान दें, इससे पहले मैं एक साक्षी प्रस्तुत करने की आज्ञा चाहूँगा।

त्यागमूर्ति : आज्ञा है।

(वसुंधरा खीझ कर कटघरे से बाहर आ जाती है)

प्रति० वकील : सचिव श्री गुणगान!

गुणगान : **(विवशता से कटघरे की ओर बढ़ता)** मैं सरकारी सेवक, मुझे नाहक....

प्रति० वकील : मि० गुणगान आपका प्रमोशन ड्यू है न!

गुणगान : सर!

प्रति० वकील : कौन करता है आपका प्रमोशन?

गुणगान : सरकार सर!

प्रति० वकील : **(कड़ककर)** सरकार का कौन मंत्री?

गुणगान : सर, माननीय गृह-वित्तमंत्री जी, सर!

प्रति० वकील : तो आपके लिए उनके आदेश का पालन बाध्यता है न?

गुणगान : सर, लेकिन अब वे बर्खास्त हैं, सर।

प्रति० वकील : लेकिन तब तो नहीं थे न, जब आपने उनके आदेश से "समय सारथी" का कार्यालय सील किया था!

गुणगान : सर, नो सर! मैंने कभी उनका आदेश नहीं माना था, सर!

प्रति० वकील : क्यों? क्या यह सर्विस कंडक्ट रूल के खिलाफ नहीं है? इतने बड़े अफसर होकर.....

गुणगान : **(चापलूसी से)** कुछ भी हो सर! माननीय त्यागमूर्ति जी और माननीय मुखियाजी मेरे सब कुछ हैं, सर!

वादी वकील : सर्विस कंडक्ट रूल भी...... **(सब हँसते हैं)**

प्रति० वकील : **(स्वगत)** यह नया झमेला! यह बेवकूफ तो केस को मिट्टी में मिला रहा है। **(गुणगान से)** अरे तो साफ-साफ क्यों नहीं कहता कि मजबूरी में वर्मा का आदेश मानना पड़ा।

गुणगान : नहीं सर, मेरे लिए तो त्यागमूर्तिजी ही सब कुछ हैं, सर!

त्यागमूर्ति : **(आवाज दबाता हुआ)** बेवकूफ, गधे!

अब्दुल्ला : सुन लो यार, तूल मत दो!

त्यागमूर्ति : फिर वही हरकत स्साले अब्दुल्ला तेरी दाढ़ी जितनी बाहर उतनी अंदर!

अब्दुल्ला : तेरी तो समूची अंदर है!

चक्रवर्ती : तो माननीय त्यागमूर्तिजी, ये आपके कारनामे हैं!

त्यागमूर्ति : सर, आप भी वर्मा की चाल में आ गए!

वर्मा : **(खड़ा होकर)** यह काला नाग है...कोबरा एकदम!

प्रति० वकील : मरो स्सालो, मैं कहाँ-कहाँ हाथ लगाऊँ? केस को एकदम स्पॉइल कर दिया!

(वसुंधरा कटघरे में आती है)

वसुंधरा : माननीय आयोग, अब यह भी सुन लें, कि जुही की हत्या में वर्मा का हाथ नहीं है।

त्यागमूर्ति : तो क्या तेरा है? **(स्वगत)** चुड़ैल!

वसुंधरा : जहाँ तेरे जैसे हत्यारे मौजूद हों, वहाँ किसी और को यह स्वर्ण अवसर कैसे मिल सकता है?

चक्रवर्ती : मतलब,.....

वसुंधरा : मतलब मैं बताती हूँ.....

(मंच पर अंधकार....एक कोने में प्रकाश उभरता है। जुही टाइपराइटर पर बैठी है। काली दबे कदम आता है.....जुही का गला दबाता है....वह चीख मार कर लुढ़क पड़ती है। कोने में अंधकार मंच पर प्रकाश।)

चक्रवर्ती : तो तूने उस गुंडे काली को इसीलिए अफसर....

त्यागमूर्ति : अपना पाप मुझ पर मत डालो। जुही से मैं लड़ाता था इश्क? और तू भी सुन ले अब्दुल्ले क्या वर्मा की जगह मैं बनना चाहता था मंत्री? अरे, हमारी बराबरी क्या करेगा? अपना राजनीतिक चरित्र गंगा जैसा पवित्र है!

अब्दुल्ला : हमारा हिमालय जैसा ऊँचा?

दर्शक (एक) : अब क्या बचा?

दर्शक (दो) : हिंद महासागर।

वसुंधरा : **(त्यागमूर्ति से)** देखो ये दस्तावेज जो विदेशों को भेजे गए! पहचानो यह फाइल किसकी है!

(चक्रवर्ती लपक लेता है, अब्दुल्ला कागजों में उत्सुकता से झाँकता है)

वसुंधरा : और यह भी सुन लो, जुही का गर्भ वर्मा का नहीं, इस पापी का था...

डॉ० राय : क्या आप जीन्स विशेषज्ञ हैं वसुंधरा देवी!

वसुंधरा : तेरे शरीर में अब भी बदबू भरी है डॉक्टर! कबीर इसे दिखाओ जुही का पत्र।

अब्दुल्ला : इधर...इधर...**(खुश होकर)** बड़ा रोचक केस है भई... अच्छा वसुंधरा देवी अगर मान भी लें कि त्यागमूर्ति जी ने....

त्यागमूर्ति : कैसे मान लोगे?

अब्दुल्ला : जरा हमें क्रास कुश्चन करने दीजिए।

त्यागमूर्ति : ऐसी तैसी तेरे क्रास कुश्चन की! काली!

(काली लपक कर आता है, अब्दुल्ला के पीछे खड़ा हो जाता है।)

चक्रवर्ती : सीमाओं पर संकट के बादल घिरे हैं। देश भीतर से खंड-खंड हो रहा है...देश की अखंडता और एकता की रक्षा करना सबका कर्तव्य है! **(कबीर को दिखाकर)** यह आदमी जो हमारे नाटक से बाहर है, यही हमें फितूर की जड़ लगता है। बीमारी को जड़ से ही खत्म करना पड़ेगा।

बलवान : जैसे बच्चे को लेकर भागने वाले गुंडे पर जब बाप पिस्तौल तानता है तो गुंडा बच्चे को आगे कर देता है। उसी तरह ये लोग अपने पर खतरा आते ही देश को आगे खड़ा कर देते हैं। टेरिबल! इन सबको फाँसी होनी चाहिए।

गुणगान : सावधान! कानून हाथ में लेना जुर्म है।

बलवान : और कानून को सरासर चबा जाना?

गुणगान : तथ्यों का परीक्षण अभी शेष है....

चक्रवर्ती : प्रस्तुत सामग्री का गूढ़ परीक्षण होगा। नियमानुसार कार्रवाई की जाएगी, अपराधी को बख्शा नहीं जाएगा। ....कार्रवाई समाप्त। निर्णय सुरक्षित!

(लोगों का शोरगुल करते प्रस्थान)

(हल्के प्रकाश में चक्रवर्ती त्यागमूर्ति और अब्दुल्ला एक दूसरे पर आरोप लगाने और झगड़ने की मुद्रा में....अलग अलग दिशाओं में उत्तेजित जाते हैं।)

दृश्य—आठ

आयोग यथास्थान बैठा है। सभी लोग यथास्थान, अचल

चक्रवर्ती (आयोग अध्यक्ष) : माननीय आयोग ने वादी और प्रतिवादी वकीलों की बहस ध्यान से सुनी। प्रस्तुत साक्ष्यों पर गंभीरता, निष्पक्षता, वैज्ञानिकता, संवेदनशीलता और न्याय-संगतता से विचार किया। आयोग सर्वसम्मति से संस्तुति करता है:

(1) कि "समय सारथी" अंतर्राष्ट्रीय माफिया से जुड़ा है फिर भी देश पर घिरे बाहरी संकट को देखते हुए उसे माफ किया जाए।

दर्शक (एक): बाहरी संकट या चुनावी संकट!

(हथौड़ा ठोककर) आर्डर-आर्डर **(दर्शकों में हलचल)**

(2) कि आयोग ने वर्मा को जुही के साथ बलात्कार करने, उसे गर्भ धारण करवाने और उसकी हत्या करने का दोषी पाया। उसे मृत्युदंड दिया जाये।

(3) कि सुश्री वसुंधरा/पति अज्ञात और कबीर वल्द लापता को आयोग ने विदेशियों के साथ षड्यंत्र करने और ग़लत साक्ष्य प्रस्तुत करने का अपराधी पाया। इनके विरुद्ध योग्य कार्रवाई की जाए।

(चारों ओर भारी शोरगुल। चक्रवर्ती, टोप उतार कर टोपी पहनता है। इस बीच आगे की ओर रख दी गई कुर्सी पर बैठता है।)

चक्रवर्ती (मुखिया) : मैं देश का मुखिया आयोग की संस्तुति स्वीकार करता हूँ। निर्णय के लिए प्रकरण न्यायालय को भेजा जाए।

(कुर्सी हटती है, न्यायालय का दृश्य उभरता है, चक्रवर्ती बैठा है।)

चक्रवर्ती (न्यायाधीश) : माननीय न्यायालय भूतपूर्व गृह-वित्त मंत्री वर्मा को मृत्युदंड देता है। सुश्री वसुंधरा और कबीर को आजीवन कारावास। माननीय मंगलम्, माननीय त्यागमूर्ति और श्री कालिका प्रसाद को ससम्मान दोषमुक्त किया जाता है।

(पार्श्व से हथकड़ी लिये काली आता है। तीनों को पहनाता है। हथकड़ी सहित कबीर मंच के अगले भाग में, बीचोंबीच। प्रकाश कबीर पर केंद्रित।)

कबीर : उसी का शहर, वही मुद्दई वही मुंसिफ
हमें यकीन था हमारा कुसूर निकलेगा।[1]

(करुण संगीत के साथ अंधकार)

---

1. शायर अज्ञात।

दृश्य—नौ

मंच पर बैनर—आम चुनाव 2017।

कबीर कोने में। त्यागमूर्ति, मंगलम्, अब्दुल्ला और काली का पीछा करते हुए भीड़ आती है।

कबीर : बाप रे, आ गए वोटों के मांगीलाल, इनसे जान छुड़ाना मुश्किल....(**एक तरफ दुबक जाता है**)

त्यागमूर्ति : (**लोगों से**) आप ही की सुध लेने आए हैं भाई, आपके बीच, हाँ हाँ! बताइए आपकी सरकार, आपके द्वार! आई थी पहले कभी?

व्यक्ति (एक) : हाँ हाँ आई थी पाँच साल पहले।

अब्दुल्ला : माफ कीजिए। अब हम साल-डेढ़ साल में ही आया करेंगे।

व्यक्ति (दो) : (**घबराकर**) तब तो ये लत्तर भी नहीं बचेंगे।

(लोग भागते हैं नेता उनके पीछे घिघियाते हुए।)

(कबीर जहाँ दुबका है, वहाँ ऊपर लिखे ''मतदाता'' शब्द पर प्रकाश केंद्रित है। वोट प्रार्थी आते हैं। कबीर को खाट पर बिठाते हैं। विभिन्न दलों, जातियों, वर्गों के लोग क्रमशः आते हैं। कोई तिलक लगा कर माला पहनाता है, कोई आरती उतारता है। कोई दाढ़ी लगाता है, कोई टोपी पहनाता है, कोई पगड़ी रख जाता है, कोई क्रास पहना जाता है, कोई कृपाण दे जाता है, कोई कंबल ओढ़ाता है, कोई ट्रांजिस्टर गोद में रख देता है, कोई शराब की बोतल थमा देता है, इन सबसे कबीर लगभग लद जाता है। लोग अपनी तरह से अभिवादन कर चले जाते हैं। कबीर तटस्थ। अकेला। धीरे-धीरे उठता है, मंच के बीचों-बीच आता है, हर चीज को तोड़ता, फोड़ता फेंकता है।)

कबीर : (**स्वगत**) क्या इन्हीं में से चुनना होगा विकल्प?

(सहसा वसुंधरा का प्रवेश)

वसुंधरा : मैं बताती हूँ विकल्प।

कबीर : क्या?

वसुंधरा : तानाशाही!

कबीर : (आवेश में) खबरदार वसुंधरा! प्रजातंत्र चाहे जितना सड़ा-गला निकम्मा हो, उसका विकल्प तानाशाही नहीं हो सकती...नहीं हो सकती तानाशाही प्रजातंत्र का विकल्प!

वसुंधरा : क्यों, आखिर क्यों?

कबीर : क्यों? तो सुनो, तानाशाही में निरंकुश सत्ता, सत्ता का घमंड और निर्णय की शक्तियाँ केवल एक—तानाशाह में सिमट जाती हैं। पूरा देश जेलखाने में बदल जाता है और जनता ज़रख़रीद गुलामों में। तानाशाह चाहे तो अपनी निजी आकांक्षा, घमंड या सनक पर पूरे देश की बलि चढ़ा सकता है और कई बार उसने चढ़ाई भी है। वसुंधरा यह मत भूलो कि मानव सभ्यता की सर्वोच्च राजनैतिक अभिव्यक्ति प्रजातंत्र है।

वसुंधरा : लेकिन ऐसे प्रजातंत्र से तो ऽऽ

कबीर : (**अपने भीतर उतरता-सा**) तूने नहीं की है इतिहास की यात्रा वसुंधरा! नहीं देखा है नरसंहार! रक्तपात!! तुझे नहीं पता दुनिया में कितना नंगा नाच किया है तानाशाहों ने! देख रही हो कबीर का यह लुहूलुहान शरीर, उसकी झुलसी दाढ़ी, उसका नोचा हुआ मुँह!....

वसुंधरा : लेकिन कबीर....

कबीर : विश्वास नहीं होता है न! आओ मेरे साथ करो इतिहास-यात्रा! आह! तुम्हारे लिए मुझे दुबारा उसी तलवार की धार पर चलना होगा। बिना उसके तुम नहीं जानोगी सत्य! तो आओ वसुंधरा....

(हाथ पकड़ कर पार्श्व में ले जाता है)

(अंधकार)

मध्यांतर

अंक—दो

दृश्य—एक

बाहरी सिरे पर कोने में प्रकाश-केंद्र उभरता है। कबीर खड़ा है, पीछे वसुंधरा सहमी सी। सहसा युद्ध जैसे वाद्य बजते हैं। मंच के विभिन्न भागों में खड़े विभिन्न देश-काल के शासकों (खासकर तानाशाहों) पर एक-एक करके रोशनी डाली जाती है। हर एक को जिज्ञासा और विस्मय से देखता है, लेकिन हर एक अपनी आतंकी चेष्टाओं से उसे भयभीत करता है, वह लगातार भय से सिकुड़ता जाता है। युद्ध वाद्यों की ध्वनियाँ जारी।

पुनः अंधकार। प्रकाश सिर्फ फटेहाल व्यक्ति पर केंद्रित।

कबीर : (दहशत से) देखो, ये हैं समय के मालिक, सत्ताधीश! कैसे धमका रहे थे इस बेचारे कबीर को; एक पैदल इंसान को। मिट्टी हूँ रौंदे जाओ, रौंदे जाओ!! खोदो, फेंको, बिखेरो। आखिर मैं मिट्टी ही तो हूँ (हताश) अपने को कुचला जाना सहता रहा हूँ जमानों से।

(गेय स्वर में)

रचते रहे हैं हाथ मेरे सृष्टि युगों से
कटते रहे हैं हाथ मेरे फिर भी युगों से
मस्तिष्क के कमाल से मैं रोशनी करता
फ़िर भी झुका हुआ है मेरा शीश युगों से।

यह रची हुई दुनिया मेरी ही है। पर मैं कहीं नहीं हूँ सत्ता के इस नाटक में। या तो नेपथ्य में मेरी जगह है या पर्दे के बाहर! जहाँ हूँ मैं, इस वक्त सदियों से इसी हालत में; और रहूँ शायद अनंतकाल तक, उन्हीं-

उन्हीं किरदारों का नया-नया करिश्मा देखते हुए...नए नए मुखौटों में।

(तुरही बजती है। मंच प्रकाश से भर उठता है। बादशाह आदमशाह की राज-सभा। सभी सलाम मुद्रा में अचल।)

कबीर : **(संकेत करता हुआ)** देखो वसुंधरा ये भी किरदार हैं—बादशाह आदमशाह और बाकी ये सब इनके अगलू-पिछलू। सलाम में कैसे अचल हैं जैसे हों चाबी के खिलौने।

(ठहाका लगाता है)

(वसुंधरा कुतूहल से देखती है। राजसभा पर प्रकाश केन्द्रित होने पर अदृश्य हो जाती है।)

(राजसभा में हलचल)

आदमशाह : वजीरे आजम मंगल सिंह, अब किसका इंतज़ार है?

मंगल सिंह : हुक्म का। **(शफी खान से)** जनाब शफी खान, जहाँपनाह की खिदमत में दरबार पेश किया जाय!

शफी खान : जिल्ले सुभानी, अल्ला की बंदगी से मजलिस की इब्तिदा तो आम बात है, पर हमारे हुजूर खुद जमीन पर अल्लाह का साया हैं। क्यों न मुल्क के मशहूर कवि जनाब कुमार दास "जुगनू" के लिखे कसीदे से शुरूआत की जाय?

आदमशाह : इजाजत है।

(कलाकारों की भीड़ में से जुगनू प्रकट होते हैं।)

कुमारदास "जुगनू" : **(सलाम करते हुए)** हाजरीन! मुलाहिजा हो...

शाह का प्रताप वाह सूरज से बढ़कर है
जल, थल और नभ शाह का गुलाम है
ब्रह्मा, महेश, विष्णु शाह नाम जपते हैं
ताक़त को हुजूर की सौ सौ सलाम है।

सत्य में हरिश्चंद्र न्याय में युधिष्ठिर और
ज्ञान में जनक कहाँ शाहजी, ठहरते हैं
इसीलिए आदमशाह आपके आगे हमें
और सब राजे भड़भूँजे दीख पड़ते हैं!

शाह : वल्लाह! कमाल की शायरी...वो क्या है कवित्त.... शानदार है। तुम जुगनू नहीं, आफताब हो। मा-बदौलत तुम्हें शायरे मुल्क का खिताब अता फर्माते हैं! **(आदेश)** एक हजार अशर्फियाँ बतौर इनाम दी जाएँ।

(चोबदार से अशर्फियाँ पाकर जुगनू यथास्थान खड़ा हो जाता है।)

मंगलसिंह : हमारे कुछ अदीबों ने समाजी, सियासी, मजहबी, खेती-किसानी वगैरह के मोजूँ पर किताबें लिखी हैं। बादशाह की खिदमत में पेश करना चाहते हैं।

शफी : **(कान में)** निहायत ही वाहियात बात है हुजूर! काबिले गौर नहीं है।

शाह : मंगलसिंह कैसे वजीरे आजम हो! दरबार का कीमती वक़्त इन कामों के लिए है!

मंगलसिंह : शाहंशाह अदीबों की हौसला आफजाई हो जाती....

शाह : हमारी हुकूमत में किताब लिख रहे हैं क्या कम हौसला आफजाई है यह?

(कलाकारों की भीड़ से एक बुजर्ग आगे आता है।)

बुजुर्ग : हुजूरेआली....

शाह : खामोश! यह तमाशाघर नहीं है, दरबार है दरबार!

मंगलसिंह : हुजूर कुछ कैदी हैं। हुक्म हो तो दारोगा कासिमखान, इजलास में पेश करे।

शाह : हुक्म है।

कासिम : कैदी नं० 1 मीर मोहम्मद वल्द फतेह मोहम्मद

(सिपाही मीर मोहम्मद को लाता है।)

कासिम : जुर्म—खुदा से नाफरमानी, मजहबी, फर्ज पूरे नहीं करता। दीनोईमान के खिलाफ है।

शफी : **(कान में)** ये तो जबर्दस्त गुनाह है हुजूर....रिआया को गुमराह कर सकता है यह शख्स।

शाह : बीस साल की बामशक्कत कैद।

कासिम : कैदी नं० 2 दरयावसिंह वल्द फत्तेसिंह।

(सिपाही लाता है।)

कासिम : जुर्म—डाकेजनी, पचीसों कत्ल किए, कई गाँव लूटे..... बहुत खूँखार है जनाब।

शफी : **(कान में)** हमारा कोई नुकसान नहीं, एक तरह से तो सियासी काम ही निपटाता है हुजूर।

शाह : **(हँसकर)**.....तीन माह की सादा कैद!

कासिम : कैदी नं० 3 तेज प्रसाद वल्द सूरज प्रसाद

(सिपाही लाता है।)

कासिम : जुर्म—लोगों को पढ़ाता है—यानी मर्द औरत सबको तालीम देता है।

शफी : **(कान में)** खुली बगावत है हुजूर! खतरनाक आदमी। सख्त से सख्त सजा के काबिल।

शाह : ऐं! खुली बागवत **(चीखकर)** फाँसी...इसे चौराहे पर फाँसी दी जाए।

नूरशाह : बादशाह सलामत खता मुआफ हो...मुल्की कानून के तहत....

शाह : कानून? नूरशाह! हमारा हुक्म कानून है, हमारे अल्फाज खुदा के अल्फाज हैं।

तेज प्रसाद : शाहंशाह, नूरशाह सही फर्माते हैं। मैंने न चोरी की, न डाके डांले...न घूस ली, न रिआया को भड़काया....

शाह : नामाकूल! आखिर पढ़ाना-लिखाना और होता क्या है? बड़ा जुर्म! बहुत बड़ा जुर्म!!

तेज : जहाँपनाह शिक्षा से जीवन प्रकाशित होता है। ज्ञान आदमी को गुमराह होने से बचाता है...

शाह : बेवकूफ! पढ़ लिख कर तू क्या कर रहा है? माबदौलत के हुक्म में नुक्स निकालता है! तेरे पढ़ाए लिखाए जाहिल भी शाहंशाह से जिरह करेंगे, हक माँगेंगे, खिलाफ खड़े होंगे। तू बागी है। मुल्जिम! खतरनाक मुल्जिम!!

तेज : गरीब परवर ऐसे काम का तो इनाम मिलना चाहिए था हुजूर।

शाह : इनामेमौत से बेहतर इनाम बताओ तो वह दे दें। हटाओ कमबख्त को, बकवास करता है।

(सिपाही ले जाते हैं।)

नूरशाह : शाह आलम! आखिर इंसाफ का कोई पैमाना भी होता है या नहीं?

शाह : **(कड़ककर)** नूरशाह! माबदौलत के इंसाफ पर ऐतराज उठाने की सजा क्या होती है आप अच्छी तरह जानते हैं। आप हमारे छोटे भाई हैं वरना....

नूरशाह : वही फर्ज निभा रहा हूँ।

शाह : हमें आपकी नसीहतों की जरूरत नहीं।

शफी : **(कान में)** शाहंशाह! ऐसी हरकतों से दरबारी तहजीब को धक्का पहुँचता है। गुस्ताखी मुआफ हो, ऐसे लोगों का यहाँ होना हुजूर की शान के खिलाफ....

शाह : हमारा भी यही खयाल है। नूरशाह! बेहतर हो, आप आइंदा...

नूर : आइंदा क्यों? हम आज और इसी वक़्त दरबार छोड़ते हैं।

(तैश में चला जाता है, दरबार में सन्नाटा, शफ़ीखान उपहास से देखता है।)

शाह : हाँ...बाकी मुआमलात?

कासिम : कैदी नं० 4 उस्मान मियाँ वल्द अंजुम मियाँ।

(सिपाही लाता है।)

कासिम : जुर्म-अमानत में खयानत। अफरातफरी और मिलावट करता है।

शफी : **(कान में)** बड़ा प्यारा जुर्म है हुजूर! हमारा हमसफर है जनाब!

शाह : **(मुस्कराते हुए)** बड़ा प्यारा जुर्म है! गुस्ताख कहीं का! इसे शाही खजाने का मुखिया बनाया जाय।

कासिम : हुजूर इसने बीवी को भी जिंदा जलाया है?

शफी : **(कान में)** चलेगा हुजूर, कोई बड़ी बात नहीं।

शाह : तो ऽऽ तो ऽ क्या बड़ी बात है? हिदायत दे दी जाय, आइंदा हमारे हुक्म से ऐसा करे।

कासिम : हुजूर के जाती खुफिया महकमे ने एक खतरनाक बलवाई को गिरफ्तार किया है।

शाह : पेश किया जाए।

(सिपाही लाता है।)

शाह : **(क्रोध में)** बलवाई! फसादी!! कम्बख्त!!!

शफी : **(कान में)** हुजूर वजीरेआजम का खास आदमी है।

शाह : हूँ...तो...फाँसी।

मंगल : शाह आलम यह बेकसूर है!

शाह : **(व्यंग्य से)** तो ऽऽ **(कड़ककर)** फाँसी!

व्यक्ति : हुजूर मैं बेगुनाह हूँ! हुजूर बलवे से मेरा कोई सरोकार नहीं! हुजूर रहम कीजिए, हुजूर कल मेरा निकाह है।

शाह : (**व्यंग्य से**) जरूर होगा! कासिम खान! इसकी मुंडी बल्लम में पिरोकर ठीक वक़्त पर दुल्हन के पास पहुँचायी जाए।

कासिम : जो हुक्म आलीजाह!

(मंगलसिंह बेचैन। मंगलसिंह को लक्ष्य करते हुए शफीखान का राक्षसी अट्टहास। सिपाही रोते-बिलखते आदमी को घसीटते ले जाता है।)

मंगल : (**उदास मुद्रा में**) इन शायरों, फनकारों, अदीबों के लिए कोई हुक्म...?

शफी : (**कान में**) दरबारी बना लें हुजूर, बँधे रहेंगे बाड़े में।

शाह : इन्हें दरबारी मुकर्रर किया जाता है। (**शफीखान से**) दरबारी अदब सिखा दो इन्हें।

शफी : आप लोगों को मुल्क की तरक्की यानी सुल्तान की बुलंदी और कामयाबी को अपने फन का मौजूँ बनाना है। ऐसी राग-रागनियाँ निकालना है जिनमें दरबार की शान, जहाँपनाह की रहम-दिली, रिआया से उनकी हमदर्दी कानून पसंदगी वगैरह का सुर हो। अदीब सरकार की गैबी ताकत और अजीमुश्शान कारनामों की पुरअसर तस्वीर खींचें। बदले में खाना, कपड़ा, मकान मुफ्त। वजीफे और इनामात ऊपर से, समझे!

कलाकार : जी हुजूर!

कासिम : सरकार का इकबाल बुलंद हो! खादिम की इल्तिजा है कि दरबार उठने से पेश्तर सईदा जान की दिलकश कथक हो जाए हुजूर...

सभी : खुशामदीन! खुशामदीन!!

शाह : (**उठते हुए**) हो जाएगा। (**सईदा से**) चलो नाजनीन हमारे संग! (**कान में**) इन बेवकूफों के आगे तुम्हारी नुमाइश नहीं लगानी हमें। तुम हमारी, सिर्फ हमारी चीज हो।

(सईदा के कंधे पर हाथ रखते हुए, रसीली मुद्रा में सलामों के बीच से प्रस्थान। लोग पीछे-पीछे जाने लगते हैं।)

(अंधकार)

(कथक नृत्य-लय में घुँघरू बजते हैं। धीरे-धीरे रेशमी प्रकाश फैलने लगता है, शाह मसनद पर अकेले बैठे नृत्य देख रहे हैं।)

शाह : वाह! खूब **(हाथ पकड़कर मसनद पर बिठाता है, कुछ क्षण प्रेमाभिनय, सहसा मलिका-ए-आलिया हाजरा का प्रवेश। सईदा चौंककर दूर हट जाती है। शाह अप्रभावित। हाजरा तीखी निगाह से देखती है। प्रकाश तीव्र होता है।)**

शाह : आइए, आइए मलिका-ए-आलिया! ठिठक क्यों गईं? भई तुमसे क्या पर्दा?

हाजरा : **(व्यंग्य से)** हुजूर के इश्क को सलाम करती हूँ। **(सईदा से कड़ककर)** बेशर्म चल हट यहाँ से।

(सईदा हड़बड़ाकर भाग खड़ी होती है। शाह उसी दिशा में मदहोश निगाहों से एकटक देखते हैं)

शाह : **(सईदा की दिशा में इशारा करते हुए हाजरा से)** शर्मा गई। बड़ी लजीज चीज है।

हाजरा : बाजारू औरतें ज्यादा ही लजीज लगती हैं शाहंशाह को!

शाह : अपनी बेगमें भी एक से एक...मगर इसकी बात कुछ और ही है।

हाजरा : वे इतनी बेशर्म और बेपर्दा नहीं हो सकती न!

शाह : हाजरा बेगम! अब ये मर्दों की बातें आपको क्या समझाएँ? आप अपनी बताइये....इस वक़्त कोई खास काम?

हाजरा : क्या खूब!! बीवी से आने का वक़्त और काम पूछा जा रहा है...और बाजारू औरतों...

शाह : (झुँझलाकर) खत्म करो यह खटराग बेगम! लगता है कोई खास बात कहने आई हो।

हाजरा : कोई फायदा नहीं, मगर रिआया की तकलीफ गवारा न हुई...

शाह : क्यों क्या हुआ रिआया को?

हाजरा : पूछिए, क्या नहीं हुआ? आपकी जंगी ख्वाहिशों से वैसे ही तबाह हैं लोग...। उस पर शाहंशाह की रंगरेलियों से ही फुरसत नहीं और जो फुरसत....तो चापलूस और मक्कार घेरे रहते हैं!

शाह : (झुँझलाकर) बड़ी बेतुकी तोहमतें लगाई जा रही हैं हम पर! अरे हमने ढेरों फतहें रिआया की झोली में डालीं? उसका सर दुनिया में ऊँचा उठाया।

हाजरा : मगर इससे उसे सुकून तो न मिला, पेट के गढ़े तो न भरे!

शाह : क्या बात करती हो? हमारा खुफिया महकमा तो कहता है कि मुल्क में घी, दूध की नदियाँ बह रही हैं। लोग खुश हैं और शाहंशाह के तहेदिल से शुक्रगुजार हैं।

(कबीर हँसता है)

हाजरा : (व्यंग्य से) आपके खुफिया कारिंदे खुद अपने हाल बयान कर रहे होंगे।

शाह : तो क्या सियासी हालात का जायजा भी औरतों से लें?

हाजरा : वो तो आप लेते ही हैं, मगर बाजारू औरतों से....।

शाह : (ठहाका) तो काँटा अब तक गड़ा हुआ है! खैर, आपकी तजवीज सुनें...

हाजरा : बेहतर हो किसी नेक इंसान को रिआया की तकलीफें दूर करने के लिए मुकर्रर कर लें।

शाह : **(शातिर अंदाज में)** आपके खयाल में कौन है इस काबिल?

हाजरा : नूर मियाँ कैसे रहेंगे? आपके सगे छोटे भाई हैं।

शाह : **(व्यंग्य से)** नूर मियाँ। **(भेद से)** हाँ, नूर मियाँ इन दिनों आपके कुछ ज्यादा ही करीब हैं!

हाजरा : **(बिगड़कर)** ओफ्फो...शक्की इंसान का कोई इलाज नहीं।

शाह : **(कड़ककर)** हम बच्चे नहीं हैं बेगम। नूरशाह की निगाह हमारे तख्त पर है—**(व्यंग्य से)** और आप फर्मा रही हैं, सारे हक उसे दे दें!

हाजरा : मेरा खयाल था, आप घोड़े की लगाम हाथ में रखना बखूबी जानते हैं।

शाह : शुक्रिया आपकी कद्रदानी का, मगर हमें घोड़े नहीं, खच्चर चाहिये। हुक्म दो, और ढोते चले जाएँ।

हाजरा : क्या ऐसी सोच मुल्क के लिए फायदेमंद है?

शाह : मुल्क, कैसा मुल्क? आदमशाह खुद मुल्क है।

हाजरा : हाय! मुल्क को क्या अपने से जुदा नहीं पहचान सकेंगे आप?

शाह : भला क्यों कर?

हाजरा : खुदा न करे, अगर कभी आपकी जाती शिकस्त हुई तो वह मुल्क की शिकस्त हो जाएगी।

शाह : आपसे हमें गँवारों जैसी बातों की उम्मीद नहीं थी बेगम। कैसे होगी हमारी शिकस्त? हम वक़्त के सूरज हैं! आफताबे वक़्त।

हाजरा : बुरा न मानें। क्या सूरज कभी डूबता नहीं?

शाह : नहीं, वह दूसरी जगह उगता है।

हाजरा : मगर कभी इंसान धोखा भी तो खा सकता है।

शाह : हम और धोखा! क्या आप नहीं जानतीं कि हमने ताश के पत्तों के जरिए तालीम पाई है, जिसका उसूल है—जैसे भी बने तुरुप का पत्ता अपने हाथ में रखो। दूसरे के हाथ में बड़ा पत्ता पहुँचने ही न दो।

हाजरा : तो क्या मुल्क में किसी को उठने ही न देंगे?

शाह : तो क्या आप चाहती हैं कि मुल्क में आदमशाह से भी बड़ा कोई हो?

हाजरा : कोई कितना ही बड़ा हो, वह बादशाह तो नहीं हो सकता न!

शाह : **(व्यंग्य से)** आहो! हमें पता नहीं था कि हमारी बेगम इतनी बड़ी आलिमोफाजिल है...इतनी बड़ी कि शाहंशाह को अक्ल सिखा सकती हैं।

(गुप्तचर का प्रवेश)

गुप्तचर : खता मुआफ हो जहाँपनाह, गलत वक़्त पर......मगर मुआमला ही कुछ ऐसा है।

शाह : **(रुखाई से)** क्या है? कोई पहाड़ टूट पड़ा?

गुप्तचर : तीनों पड़ोसी रियासत राजापुर, मीरगंज और फतेहगढ़ सरकार के खिलाफ एकजुट हो गई हैं।

शाह : स्साला वजीरेआजम क्या दफन हो गया है? और तमाम लोग? कमबख्त नींद में गाफिल रहते हैं। एक-एक को देख लूँगा।

(जाने का संकेत। गुप्तचर का प्रस्थान। आदमशाह सोच में।)

हाजरा : क्या अब भी नहीं लगता आपको कि आप निहायत अकेले पड़ गए हैं?

शाह : **(झुंझलाकर)** बेगम, हरम में तशरीफ ले जाएँ।

हाजरा : हुँह....

(झटके से प्रस्थान। आदमशाह ताली बजाता है दरबान का प्रवेश)

शाह : सिपहसालार असदुल्ला को फौरन हाजिर करो।

(दरबान सिर झुकाता है, प्रस्थान।)

शाह : (स्वगत) ताश के पत्तों की तरह बिखेर दूँगा, इन एहसान फरामोशों को। हम से गुस्ताखी!

(असदुल्ला का प्रवेश, सलाम करता है।)

शाह : सिपहसालार! होशोहवास में तो हो?

असदुल्ला : (हक्का बक्का) कुछ गुस्ताखी हुई जहाँपनाह?

शाह : राजापुर, मीरगंज और फतेहगढ़ का हमारे खिलाफ करार हुआ है, खबर है?

असदुल्ला : मीरगंज तो हमारा दोस्त है शाहंशाह, वह हमारे खिलाफ कैसे....

शाह : (व्यंग्य से) आप इसी मुगालते में रहिए असदुल्ला खाँ!

असदुल्ला : राजापुर तो आपकी बेगम के चचा की रियासत है.....

शाह : सियासी मामलों में कैसे नाते-रिश्ते? बेगम के चचा की...। बेवकूफ कहीं का!

असदुल्ला : खता मुआफ हो जहाँपनाह! खबर झूठी भी तो...

शाह : हम दे रहे हैं खबर....उसकी असलियत पर शक है तुम्हें?

असदुल्ला : नहीं शाहआलम। मैं कह रहा था... गहरी छानबीन...

शाह : जब दुश्मन चढ़ बैठें तब भी तुम फौजियों को वर्जिश और कवायद ही कराते रहना मियाँ असदुल्ला खान!

असदुल्ला : मगर....खुदा जानता है....

शाह : खुदा से पहले आदमशाह जानता है, और भी बहुत कुछ जानता है वह....

(असदुल्ला जिज्ञासा से देखता है। आदमशाह उसके ठीक सामने जा खड़ा होता है।)

शाह : **(असदुल्ला के तमगे से खेलता हुआ)** यह कितने वजन का होगा असदुल्ला?

असदुल्ला : **(हैरत में पड़कर)** मैं समझा नहीं....

शाह : **(उसी तरह)** ज्यादा से ज्यादा दस पंद्रह तोला।

(असदुल्ला ताकता रहता है)

शाह : **(अट्टहास से)** नहीं समझे **(कड़ककर)** हम पूछते हैं इसका बोझ ज्यादा तो नहीं लग रहा?

असदुल्ला : **(हड़बड़ाकर)** नहीं, नहीं....

शाह : नहीं। शायद ज्यादा लग रहा है तुम्हारी औकात से।

(झटके से तमगा खींचकर जमीन पर फेंक देता है। असदुल्ला काँपने लगता है।)

शाह : अब आया समझ में?....उठा लो।

(असदुल्ला काँपते हाथों से तमगा उठाता है।)

शाह : खबरदार! शाह के साथ गद्दारी के नतीजे ठीक न होंगे। उस मंगल सिंह से भी कह देना होश में रहे।....

(असदुल्ला उदास-सा जाने को मुड़ता है।)

शाह : खबरदार असदुल्ला खाँ! हम शिकस्त के आदी नहीं हैं।

असदुल्ला : जी! जी हाँ!!

(प्रस्थान। दूसरी ओर शाह का प्रस्थान।)

(अंधकार)

दृश्य—दो

मंगलसिंह के आवास का बाहरी भाग। असदुल्ला बेचैनी से टहल रहा है। भीतर से आते मंगलसिंह का पता नहीं चलता। मंगलसिंह कुछ देर तक अपने में खोए असदुल्ला को देखता रहता है, जो सहसा सामने पड़ने पर मंगलसिंह से टकरा जाता है।

मंगलसिंह : मियाँजी किस फिक्र में हैं?

असदुल्ला : (**अपने से बतियाता-सा**) बताइए, हमारे पीछे भी उसने अपने गुर्गे छोड़ रखे हैं!

मंगलसिंह : किसने?

असदुल्ला : आदमशाह ने! और किसने?

मंगलसिंह : (**टोह लेते हुए**) सो क्यों मियाँ?

असदुल्ला : (**झुँझलाकर**) अब बनने की कोशिश मत कीजिए। आपको सब पता है।

मंगलसिंह : हम कोई भेदिये हैं बादशाह के? अलबत्ता आप उनके चहेते जरूर हैं!

असदुल्ला : खाक हैं—चहेते तो हैं शफीखान और कासिमखान। हमारा शुमार तो दगाबाजों में होता है।

मंगलसिंह : क्यों? आप तो हर वक़्त मैदानेजंग में अपनी जान हथेली पर लिए रहते हैं। बादशाह को फतह और शोहरत तो आपकी ही दी हुई है।

असदुल्ला : इतना काफी नहीं है जनाब! एक तो घटिया कामों के लिए लड़ो, किसी सूबे की लड़की पसंद आ गई तो हमला बोल दो, राज बढ़ाने की ख्वाहिश हुई तो फौज ले दौड़ो, किसी से नाराजी हो गई तो उसे जड़ से उखाड़ दो—उल्टे चापलूसी भी करो!...वाह बादशाह सलामत आपने क्या तीर मारा है!

मंगलसिंह : **(पीठ पर हाथ रखते हुए)** भाई जान, दिमाग का पारा नीचे लाइए, गुस्से से काम नहीं बनेगा।

असदुल्ला : गुस्सा नहीं आएगा ऐसी हरकतों पर? बात यहीं तक नहीं है मियाँ। खुद लोगों के सामने भला बनता है और बदनाम होती हैं हमारी फौजें, हमारे सिपाही।

मंगलसिंह : ऐसा क्या हुआ आखिर?

असदुल्ला : सरहद पर उसने खुद डाके डलवाए, गाँव लुटवाए और लोगों को तसल्ली देते हुए फौज और पुलिस पर तोहमतें लगाईं।

मंगलसिंह : वह सब किसके मार्फत हुआ, मालूम है?

(सहसा एक सिपाही का प्रवेश। मंगलसिंह कुछ विचलित हो जाते हैं।)

सिपाही : जहाँपनाह ने आपको याद फर्माया है।

मंगलसिंह : इस वक़्त! क्यों? **(सम्हलकर)** चलो, हम आते हैं।

(सिपाही का प्रस्थान।)

मंगलसिंह : इस सिपाही को पहचानते हो?

असदुल्ला : हजारों हैं, किस-किस को पहचानूँगा?

मंगलसिंह : नहीं, यह उनमें से नहीं है। शफीखान का खास आदमी है।

असदुल्ला : यानी आदमशाह का खास आदमी?

मंगलसिंह : यह भी डाकेजनी में शामिल था।

असदुल्ला : अच्छा तो अब समझे डाके कौन डलवाता है?

मंगलसिंह : **(लय में)** और फैसले कौन सुनाता है?

(दोनों हाथ पर हाथ मारकर ठहाका लगाते हैं।)

मंगलसिंह : अब उसने तुम्हें भी यहाँ देख लिया है और दरअसल आया भी खुफियागिरी के वास्ते ही था। हम दोनों अब एक ही फेहरिस्त में आ गए हैं!

असदुल्ला : (घबराकर) उफ्फ अल्लाह!

मंगलसिंह : फिक्र न करो, यह खेल रोज ही चलता है। अभी तो खादिम को जहाँपनाह की पेशी में हाजिर होना है, जाने कौन-सा नया फर्मान सुनना पड़े?

(दोनों का भिन्न दिशाओं में प्रस्थान।)

(अंधकार)

दृश्य—तीन

शाह घूम रहे हैं। कासिमखान का उत्साहित प्रवेश।

कासिम : हुजूर का इकबाल बुलंद हो। राजापुर फतह कर लिया गया हुजूर।

शाह : शाबाश कासिमखान। सिपहसालार कहाँ हैं?

कासिम : फौज के साथ पीछे।

शाह : नवाब?...उसका क्या हुआ?

कासिम : हमारी कैद में है।

शाह : ठिकाने नहीं लगाया उसे?

कासिम : मशवरा तो मैंने भी यही दिया था हुजूर, मगर सिपहसालार.....

शाह : कम्बख्त....

कासिम : नवाब साहब.....मलिका-ए-आलिया के चचाजान हैं न....शायद इसीलिए जनाब सिपहसालार ने....

शाह : बेवकूफ....सियासी मामलों में चचाजान-वचाजान क्या होता है?....वैसे भी एक बीमार आदमी का मरना तो कुदरती होता।

कासिम : एकदम, एकदम सही फर्माया हुजूर।

शाह : और वह छोकरा? क्या नाम है उसका?

कासिम : इम्तियाज।

शाह : हाँ, वही, क्या हुआ उसका?

कासिम : गायब है। वफादार वजीरों ने कहीं छिपा दिया है उसे।

शाह : ....और यह होने दिया तुम लोगों ने? चूड़ियाँ पहने थे क्या? लानत है! **(झुंझलाते हुए)** साँप के बच्चे को जिंदा रखना कौन-सी अक्लमंदी है?

कासिम : **(झुककर)** गुलाम दोनों काम पूरे करके ही दम लेगा हुजूर।

शाह : शाबाश! कामयाबी की खबर फौरन दो!

कासिम : जो हुक्म आलीजाह।

(प्रस्थान। आदमशाह प्रसन्नता से जल्दी-जल्दी चक्कर लगाता है।)

शाह : **(स्वगत)** तो अब मलिका-ए-आलिया को खबर दे दी जाए। **(सोचकर)** या कुछ इंतजार कर लिया जाए, नवाब की मौत का?....नहीं कासिम गया है तो मौत तो तय है....

(प्रस्थान। अंधकार)

(जनानखाना। हाजरा अकेली। आदमशाह के आने पर वह खड़ी हो सलाम करती है।)

शाह : **(शोक मुद्रा में)** एक बुरी खबर है बेगम!

हाजरा : **(उतावली में)** क्या? कैसी?

शाह : राजापुर के नवाब, आपके चचाजान इस दुनिया में नहीं....

हाजरा : (**फफककर रो पड़ती है**) हाय चचाजान! आप भी हमें छोड़ गए? (**शाह से**) वे तो बिलकुल ठीक थे? यकायक कैसे?...

शाह : मौत के सौ बहाने।...(**आह भरकर**) जिसकी आ जाती है....क्या बताएँ...बस मामूली-सी बीमारी में....

हाजरा : और मेरा इम्तियाज!...मासूम! हुकूमत का भारी बोझ कैसे....

शाह : उठाएगा!....लेकिन जिंदा रहेगा तभी तो उठाएगा न बेगम!

हाजरा : (**घबराकर**) क्या कहते हैं? क्या मतलब है आपका?

शाह : चचाजान की आँख बंद होते ही हरामखोर वजीरों ने इम्तियाज को कहीं कैद कर लिया है!

हाजरा : एँ, वे लोग तो बेहद भरोसेमंद थे!

शाह : खूब, आपको कैसे मालूम कि वे लोग...

हाजरा : हमें खुद चचाजान ने बताया था।

शाह : (**संदेह और व्यंग्य से**) और....और क्या-क्या बताया था चचाजान ने आपको?

हाजरा : (**भाँपकर तीखी निगाहें डालते हुए**) कुछ खास नहीं... लेकिन आप क्यों....

शाह : खैर, आप फिक्र न करें बेगम; हमारी फौज राजापुर की तरफ कूच कर चुकी है।

हाजरा : गमी के मौके पर फौज?

शाह : मौके को देखते या हालात को?

हाजरा : हमें कतई यकीन नहीं कि उन लोगों ने इम्तियाज को कैद कर लिया होगा।

शाह : अब हम आपको कैसे यकीन दिलाएँ?

हाजरा : हमें इसमें गहरी सियासी चाल दिखती है।

शाह : आपके शकों की वजह से हम अपना फर्ज नहीं भूल सकते।

हाजरा : क्या मतलब? हमने आपके बारे में तो नहीं कहा! फिर आप....? कहीं मन का चोर ही तो जुबान तक नहीं आ गया।

शाह : हमारे मन में चोर क्यों होने लगा? खुदा का दिया क्या नहीं है हमारे पास?

हाजरा : सब कुछ है, मगर हविस की कोई इंतहा होती है क्या?

शाह : एक अदना-सी रियासत! हमारे लिए क्या औकात है उसकी?

हाजरा : फिर फौज भेजने का मकसद?

शाह : क्या इम्तियाज हमारे बेटे जैसा नहीं है? क्या आपके चचाजान हमारे कुछ नहीं थे?

हाजरा : (**फीकी हँसी हँसते हुए**) जानती हूँ, ...सब जानती हूँ... या अल्लाह!

(चोट खाया-सा आदमशाह जाने को बढ़ता है)

शाह : (**जाते-जाते स्वगत**) औरत की आँख उल्लू से भी तेज होती है। कमबख्त मन के अँधेरों में भी झाँक लेती है! **(चला जाता है)**

हाजरा : बाँदी!

बाँदी (पार्श्व से) : हुक्म मलिका-ए-आलिया!

हाजरा : वजीरे आजम और सिपहसालार से कहो फौरन हमसे मिले।

बाँदी (पार्श्व से) : जो हुक्म!

(मंगलसिंह और असदुल्ला जैसे ही महल में घुसते हैं, एक ओर से शफी खान और वही सिपाही निकलकर तेजी से जाता हुआ दिखता है। दोनों चौंक पड़ते हैं।)

मंगलसिंह : कमबख्त यहाँ भी जासूसी कर रहा है! देखना अब सीधे शाह के पास जाएगा।

असदुल्ला : तो जाए! बेगम से मिलना कोई जुर्म है?

मंगलसिंह : शायद बेगम पर भी नजर रखी जा रही है।....

असदुल्ला : बेगम पर? क्यों भला?

मंगलसिंह : मिलने पर सब पता चल जाएगा।

(पहुँचकर सलाम करते हैं।)

मंगलसिंह : मलिका-ए-आलिया ने हमें याद फर्माया?

हाजरा : (रुआँसी) आपको खुद नहीं आना चाहिए था, मातम पुर्सी के लिए!

मंगलसिंह : मातम पुर्सी! क्यों?

हाजरा : (रोते हुए) हमारे चचाजान नहीं रहे!

असदुल्ला : यह कैसे हो सकता है, अभी-अभी तो हमें खबर मिली है कि वे ठीक हैं।

हाजरा : क्या आपको पता था कि वे बीमार हैं?

असदुल्ला : क्यों नहीं? हमीं ने तो उन्हें कैद किया था?

हाजरा : आपने? कब? क्यों?

असदुल्ला : बादशाह के हुक्म से राजापुर पर चढ़ाई की गई थी। फतह के बाद नवाब को कैद करना पड़ा..घबराइए नहीं, हमने उनका कत्ल नहीं होने दिया, उल्टे इलाज का इंतजाम किया।

हाजरा : हाय अल्लाह! ऐसी धोखाधड़ी! इतना झूठ!! ऐसा फरेब!!

असदुल्ला : कतई नहीं, मैं आपसे बिलकुल सच कह रहा हूँ।

हाजरा : नहीं, नहीं, मैं उस आदमी के बारे में सोच रही थी जिसने मुझे यह खबर दी।

असदुल्ला : कौन शफीखान!

हाजरा : नहीं!

मंगल और असदुल्ला : (एक साथ) बादशाह...?

हाजरा : (आह भरकर) क्या कहें? अपनी किस्मत! मगर आप दोनों से एक इल्तिजा है।

मंगलसिंह : हुक्म दें!

हाजरा : अगर चचाजान नहीं मरे तो मारे जाएँगे और इम्तियाज की जान भी खतरे में है!

असदुल्ला : कोई वजह नहीं। इम्तियाज वफादारों की हिफाजत में है।

मंगलसिंह : .....शायद इसीलिए फौजी टुकड़ी लेकर कासिमखान को भेजा गया है राजापुर!

असदुल्ला : कासिमखान को? बिना हमसे मश्वरा लिए!

मंगलसिंह : आपसे मश्वरा?...खैर....(**फीकी हँसी से**) क्या कहें....

हाजरा : जल्दी कीजिए। मेरे चचाजान और मासूम भाई को बचा लीजिए इन दरिंदों से!

मंगलसिंह : आप फिक्र न करें मलिका-ए-आलिया! (**असदुल्ला से**) चलो....

(**तेजी से दोनों का प्रस्थान**)

(**अंधकार**)

दृश्य—चार

मंगलसिंह का आवास। असदुल्ला और मंगलसिंह

असदुल्ला : दो कौड़ी के टुच्चे लोग.....

मंगलसिंह : अरे भई कौन?

असदुल्ला : वही शफीखान, हरामी...। उसकी यह जुर्रत! मुझे बेवकूफ कहता है।

मंगलसिंह : (व्यंग्य से) तुम्हें शक है इसमें?

असदुल्ला : अँय, आप भी....।

मंगलसिंह : पता भी रहता है तुम्हें कुछ? खस्सी बनाए जा चुके हो तुम, सि प ह सा ला र अ स दु ल्ला खाँ!

असदुल्ला : मतलब?

मंगलसिंह : तुम जहाँ हो वहीं हो, लेकिन जो हो वह नहीं।

असदुल्ला : (झुँझलाकर) पहेलियाँ मत बुझाइये।

मंगलसिंह : तो साफ सुन लो, तुम सिर्फ नाम के सिपहसालार हो, दुनिया को दिखाने के लिए! असली सिपहसालार है कासिमखान! वह नवाब राजापुर की हत्या कर चुका है।

असदुल्ला : ऐं!....

मंगलसिंह : यह तो कुछ नहीं है मियाँ! इरादा तो यह है कि असदुल्ला की साख अवाम और बेगम की निगाह में खत्म कर दी जाए।

(असदुल्ला फटी आँखों से ताकता है।)

मंगलसिंह : अफवाह फैलायी गई है कि असदुल्ला ने नवाब को मौत के घाट उतारा।

असदुल्ला : इतनी इज्जत इस नाचीज को क्यों बख्शी जा रही है?

मंगलसिंह : तुम्हारी रसद के सारे रास्ते बंद करने के लिए, ताकि कासिमखान का रास्ता साफ हो; खुद को नेक

बादशाह बनाकर पेश किया जाए और सारी मलामत का भंडा तुम्हारे सिर-माथे पर फोड़ा जाए।

असदुल्ला : इसकी जरूरत? बादशाह से ताकतवर कौन है जो उनके खिलाफ उँगली उठाएगा? हैवानियत है यह....

मंगलसिंह : मियाँ असदुल्ला! आदमी चाहे जितना हैवान हो, उसके भीतर एक चाहत हमेशा छिपी रहती है कि लोग उसे अच्छा इंसान मानें। इसीलिए वह अपनी हैवानियत पर पर्दा डालने की कोशिश करता है। **(व्यंग्य से)** हालाँकि इससे उसकी हैवानियत और उजागर हो जाती है। अफवाह फैलाई गई है कि चूँकि राजापुर का नवाब फतेहगढ़ पर हमला करने आ रहा था, इसलिए फतेहगढ़ को बचाने के लिए तुम्हें राजापुर पर हमला करना पड़ा।

असदुल्ला : इससे क्या हासिल हुआ?

मंगलसिंह : राजापुर से करारनामे के बावजूद और बार-बार इमदाद माँगने के बावजूद, फतेहगढ़ ने राजापुर की कोई मदद नहीं की! दोनों रियासतों के बीच दुश्मनी की मजबूत दीवार भी खींच दी गई। नतीजे में तुम्हें जीत का सहरा पहनाया गया जहाँ दरअसल तुम थे ही नहीं।

असदुल्ला : मगर शाह खुद यह अफवाहें अपने नाम से फैलाते तो उनका रुतबा ही बढ़ता।

मंगलसिंह : उसका यकीन कौन करता?

असदुल्ला : .....तो अब क्या किया जा सकता है?

मंगलसिंह : सोचो, सोचने का सही वक़्त वही होता है जब शत्रु षड्यंत्रों में उलझा हो।

असदुल्ला : आप मुझे फँसाने की कोई चाल तो नहीं चल रहे हैं वजीरे आजम?

मंगलसिंह : यार, पहली बार तुमने होशियारी दिखाई, मगर गलत जगह पर....।

(सहसा गुप्तचर का प्रवेश। असदुल्ला को देखकर चौकन्ना। मंगलसिंह की ओर इस आशय से देखता है कि असदुल्ला की उपस्थिति में कुछ कहे या नहीं? मंगलसिंह इशारे से एक ओर बुलाक़र फुसफुसाकर बात करता है? असदुल्ला संदेह से देखता है। गुप्तचर का तेजी से प्रस्थान। मंगलसिंह असदुल्ला के पास जाता है।)

असदुल्ला : मुझसे छिपाने की कौन-सी बात थी?

मंगलसिंह : क्या जरूरी था जाहिर करना कि तुम और मैं एक हूँ?

असदुल्ला : **(व्यंग्य से)** अच्छा...? या अल्लाह मैं किन शैतानों के बीच घिर गया हूँ!

मंगलसिंह : **(गंभीरता से)** बवंडर में जब कोई चीज घिर जाती है तो उसे उसके साथ घूमना ही पड़ता है। **(आहट सुनकर)** शायद कोई आ रहा है, तुम जरा आड़ में हो लो।

(असदुल्ला ऐसी जगह छिप जाता है जहाँ से वह उन्हें देख सकता है। संदेशवाहक का प्रवेश। वह चौकन्नी दृष्टि घुमाता है। मंगलसिंह फुसफुसाकर बात करता है।)

संदेशवाहक : हुजूर जानना चाहते हैं—काम हो गया?

मंगलसिंह : सिपहसालार वाला? बस हुआ ही समझें। राजापुर की खबर का इंतजार है, आते ही....**(कत्ल का इशारा, असदुल्ला देख लेता है।)**

(संदेशवाहक का प्रस्थान।)

असदुल्ला : **(तलवार खींचकर बाहर आते हुए)** दगा...मैं कहता न था!...खून पी जाऊँगा। एक-एक का।

मंगलसिंह : **(तलवार वाला हाथ पकड़कर)** इतनी जल्दी क्या है मियाँ! वह वक़्त भी आने को है। **(कड़े शब्दों में)**

बेवकूफी मत करो....रखो म्यान में...खून पी जाएँगे! अभी तक मियाँ जहन्नुम की सैर कर रहे होते....(अर्द्ध स्वगत) नादान की दोस्ती और जी का जंजाल!

(नेपथ्य में तलवारें चलने की ध्वनि और शोर। असदुल्ला को खींचते हुए मंगलसिंह का एक ओर प्रस्थान।)

(अंधकार)

दृश्य—पाँच

आदमशाह मसनद पर। शफीखान पैर दबा रहा है। कासिमखान का तेजी से प्रवेश।

कासिम : फतह! शाहंशाह फतह!!

शाह : (**खुशी से**) हूँ ऽऽऽ.....तो तुम्हें सिपहसालार बनाने का फैसला गलत नहीं लिया था हमने?

शफी : (**कान पकड़ कर**) गलती और आप! शाहंशाह भी मजाक करते हैं!

शाह : (**कासिम से**) दोनों को ऊपर पहुँचा दिया?

कासिम : एकदम, सौ फीसदी! अरे सरकार....

(सहसा मंगलसिंह का प्रवेश। कासिम बोलते हुए रुक जाता है। तीनों अचल।)

मंगलसिंह : **(कासिम को झिंझोड़ते हुए)** खुशखबरी सुनाओ कासिम खान, मूरत बने क्या खड़े हो!

(तीनों सचल। बादशाह द्वारा कासिम खान से बोलने का इशारा)

कासिम : ....खबर...कोई खास नहीं, एक ...मामूली सी मुठभेड़ में....इम्तियाज....

शाह : **(कृत्रिम उत्तेजना से)** क्या, क्या हुआ इम्तियाज को?

कासिम : **(कुछ हड़बड़ाता है, लेकिन बादशाह की आँखों से शह पाकर नाटकीय हिचक से)** एक फौजी के हाथों.... कत्ल....

शाह : इम्तियाज का कत्ल? नामुमकिन।

(फौजी पेटी लेकर आता है।)

फौजी : मुमकिन हो चुका है हुजूर।

(पेटी का ढक्कन खोलकर दिखाता है, शाह झाँकता है।)

शाह : **(नकली दुःख से)** ऐं.....यह क्या किया! कासिम खान। **(फौजी से)** गुस्ताख! नमकहराम!! ओह मेरा बच्चा इम्तियाज...मार डाला बेरहमों ने!

(मंगलसिंह बादशाह से छिपाते हुए दर्शकों की ओर व्यंग्य—दृष्टि डालता है)

कासिम : **(भय के अभिनय से)** गुस्ताखी माफ हो हुजूर।....

मंगलसिंह : **(नाटकीयता से)** धीरज रखिए जहाँपनाह...

शाह : **(तड़पते अंदाज में)** क्या धीरज रखें वजीरे आजम! हम मलिका को क्या मुँह दिखाएँगे? **(नाटकीय क्षोभ से)** जंग सचमुच नामुराद चीज है वजीरे आजम! कहाँ तो हमने फौज भेजी थी इम्तियाज को बचाने और कहाँ उसी का खून हो गया। सच है....आग किसका चेहरा पहचानती है! किसका चेहरा पहचानती है आग...ऐं मंगलसिंह!!

मंगलसिंह : **(नाटकीय संवेदना से)** सही फर्माया शाहंशाह।

शाह : शफीखान!

शफी : हुक्म बंदापरवर!

शाह : मलिका-ए-आलिया को खबर दो और तफसील से हमारे दिल के हाल बताना-कितने रंजीदा हैं...कैसे, कैसे तड़प रहे हैं हम!!

शफी : तस्वीर खींच दूँगा आपके गम की। रंग भर दूँगा उसमें; शाह आलम के दिल की गहराइयाँ उड़ेल दूँगा, बेगम साहिबा के दिल में । **(प्रस्थान)**

शाह : कासिमखान!

कासिम : हुजूर?

शाह : **(नाटकीय शोक का प्रतिशत बढ़ाकर)** कासिमखान!!

कासिम : जी हुजूर!!

शाह : मेरे बच्चे का मकबरा ऐसा बनवाना, ऐसा यादगार मकबरा, ऐसा बेजोड़ कि आज तक किसी बादशाह का, किसी पीर का, किसी पैगंबर का न बना हो।

कासिम : तमाम मुल्कों के बेजोड़ कारीगर बुलवाए जाएँगे जहाँपनाह।

शाह : **(वजीरे आजम से)** फौरन हुक्म जारी किया जाए।

मंगलसिंह : तामील होगा....लेकिन **(पेटी की ओर इशारा करते हुए शातिराना ढंग से)** यह तो फकत सिर है...धड़ के बिना?

शाह : **(कुढ़ते हुए स्वगत)** कम्बख्त! **(नाटकीय आह से)** मरने के बाद क्या सिर और धड़! अब तो याद ही बाकी है, उसी की इबादत करनी है। **(कासिमखान से)** है न? कासिमखान!

कासिमखान : **(नाटकीय आह से)** और.....क्या हुजूर और क्या!

शाह : हम बेहद अफसोसजदा हैं।...तखलिया!

(कासिम और मंगलसिंह का नाटकीय शोक सहित प्रस्थान। फौजी पेटी उठाकर ले जाता है। आदमशाह राक्षसी अट्टहास करते हुए मंच पर चक्कर लगाता है।....ताली बजाने पर दरबान का प्रवेश।)

शाह : जल्लाद गोसखान को फौरन हाजिर किया जाए। (स्वगत) इस कम्बख्त कासिम को भी रास्ते से हटाना पड़ेगा।

(षड्यंत्री उत्तेजना में चक्कर लगाता है।)

(गुप्तचर अधिकारी का प्रवेश। शाह प्रश्नसूचक दृष्टि से देखते हैं।)

गुप्तचर अधि० : मैं खुफिया महकमे का एक अफसर हूँ हुजूर (दुखी स्वर में) एक बुरी खबर है जहाँपनाह।

शाह : (सिर झुकाए देखकर) अबे बोलता क्यूँ नहीं, कब्र जैसा मुँह लटकाए खड़ा है!

(एक ओर से शफीखान और दूसरी ओर से मंगलसिंह का तेजी से प्रवेश। शफीखान प्रसन्नता से और मंगलसिंह शोक मुद्रा में दोनों एक दूसरे को देखते हैं, शफीखान फौरन चेहरे पर मुर्दनी ओढ़ लेता है। प्रतिक्रियाहीन बादशाह दोनों को बारी-बारी से देखता है।)

शाह : (गुप्तचर अधिकारी से) हाँ, बताओ।

गुप्तचर अधि० : सिपहसालार असदुल्ला खाँ की अधजली लाश.... दरिया के किनारे....

शाह : (नाटकीय क्रोध से) किसकी है यह जलील हरकत? हम सजा-ए-मौत देंगे! मुल्क का एक वफादार बहादुर, जिसकी दहाड़ से दुश्मन की छाती दरक जाती थी, हौसले उखड़ जाते थे, सिर तंबू बन जाते

थे—उसका कत्ल! जलील हरकत!! (**मंगलसिंह के सामने जाकर**) वजीरे आजम आपके रहते यह क्या हो गया? (**मंगलसिंह इस प्रकार सिर झुकाता है जिससे दर्शकों को शाह की कुटिलता का अहसास हो।**)

शाह : शफीखान! हमारे गम और गुस्से की तस्वीर रिआया के दिलों में खींची जाय।

शफी : असल से ज्यादा असल तस्वीर पेश कर देंगे हुजूर! दरबारी शायर, फनकार और अदीब बहुत दिनों से मुफ्त की खा रहे हैं। इन मुफ्तखोरों की कुछ वर्जिश भी हो जाएगी हुजूर।

शाह : मुनासिब!......वजीरे आजम! मरहूम सिपहसालार असदुल्ला खाँ को 'नगीना-ए-मुल्क' ऐलान किया जाए। उनका जनाजा शाही शान से निकले। सिपहसालार को इम्तियाज के करीब दफन किया जाए। बेजोड़ मकबरा बनवाया जाए।

मंगलसिंह : जो हुक्म, जहाँपनाह! (**प्रस्थान**)

शफी : (**भेद-भंगिमा से**) हुजूर मेरे खयाल में ऐसी जलील हरकत वजीरे आजम मंगलसिंह के सिवा और किसी की नहीं हो सकती। (**खुफिया अधिकारी की ओर देखकर**) खुफिया महकमे का भी यही खयाल है न!

गुप्तचर अधि० : यह नामुमकिन है।

शफी : ऐं क्या बकता है?

शाह : खुफिया महकमे में तुझे किसने बना दिया अफसर? खुफिया जाँच का पहला उसूल है, मुमकिन से शुरू करना। पहले से कुछ भी नामुमकिन नहीं होता। (**गुप्तचर अधिकारी सिर झुका लेता है**) (**शफीखान से**) जाँच करवाओ शफीखान। असदुल्ला को कत्ल करने

वाले को हम सजा-ए-मौत देंगे। (**गुप्तचर अधिकारी से**) जा सकते हो।

(प्रस्थान)

(आदमशाह और शफीखान एक दूसरे की आँख में आँख डालकर ठहाका लगाते हैं।)

शाह : मंगलसिंह तो बड़ा वफादार निकला! हमारे कहने पर उसने असदुल्ला को जहन्नुम पहुँचा दिया। फिर तुमने उसके खिलाफ जाँच करने का हुक्म क्यों दिलवाया हमसे?

शफी० : (स्वगत) शातिर मंगलसिंह इस बार हमसे बाजी मार ले गया। खैर हम भी देखते हैं। **(शाह से)** बड़ा खूंख्वार दरिंदा है हुजूर, फिलहाल सिर्फ अपनी जान बचाने और आपके करीब आने की गर्ज से हत्या करवाई है। सोचिए हुजूर जो खुदगर्ज, दोस्त का नहीं हुआ, वह किसका होगा? यही मौका है रास्ते से हटाने का इस नमकहराम को।

शाह : (हँसते हुए) बड़े नटखट हो शफीखान....चोर से कहना चोरी कर और साहूकार से कहना चोर पकड़....चलो, तुम्हीं निपटा दो मंगलसिंह को।

शफी : (हँसते हुए) गुलाम हुक्म का ताबेदार है हुजूर! **(प्रस्थान)**

(मुस्कराते हुए शाह का दूसरे पार्श्व में प्रस्थान।)

(अंधकार)

दृश्य—छः

मंगलसिंह, आवास में बेचैनी से घूम रहा है। क्रुद्ध हाजरा का तेजी से प्रवेश।

मंगलसिंह : मलिका-ए-आलिया आप! यहाँ! इस वक्त!

हाजरा : तुम भी बुजदिल, धोखेबाज, एहसान फरामोश और संगदिल निकलोगे....हमें उम्मीद न थी!

मंगलसिंह : क्यों, क्या हुआ मलिका-ए-आलिया?

हाजरा : हम पूछने आए हैं कि असदुल्ला खाँ, इम्तियाज और चचाजान का कत्ल तो तुम कर ही चुके....हमें क्यों बख्शा गया है अब तक...? **(तड़पते हुए)** हाय जिस जमीन पर हम पैर रखते हैं कीचड़ में धँस जाता है।

मंगलसिंह : **(मासूम नाटकीयता से)** हम लाचार थे? हमें हुक्म....

हाजरा : हुक्म! तुम वजीर-उल-मुल्क हो या जरखरीद गुलाम? बादशाह को नेक सलाह नहीं दे सकते थे?

मंगलसिंह : आप नहीं जानतीं क्या बादशाह सलामत को?

हाजरा : फ़िर भी, असदुल्ला का कत्ल! दोस्त बनकर उसे डसते हुए शर्म नहीं आई? और कासिमखान? उसका कत्ल भी तुमने बादशाह सलामत के हुक्म से किया? शाहंशाह कितने खफा हैं?

मंगलसिंह : कासिम ने आपके चचाजान और इम्तियाज का कत्ल जो किया था....

हाजरा : शर्म नहीं आती! एक झूठ को छिपाने के लिए लगातार दूसरा झूठ बोलते जा रहे हो। क्या हम नासमझ हैं? क्या नहीं जानते कि दोनों की मौत जंग में हुई है? उस बेलगाम फौजी को, जिसने इम्तियाज का कत्ल किया, बादशाह सलामत ने मौत की सजा दी....

मंगलसिंह : **(हँसते हुए)** आपको भरोसा है?

हाजरा : क्यों न हो? सारी बातें दिन के उजाले की तरह साफ हैं।

मंगलसिंह : अगर साफ हैं तो यहाँ तशरीफ क्यों लाई हैं?

हाजरा : गुनहगार का चेहरा देखने कि अब कौन-सा मुखौटा पहनता है?

मंगलसिंह : देख चुकीं? (**तीखेपन से**) हम भी देख चुके हैं कि कैसे लोग अपने पैरों पर कुल्हाड़ी मारते हैं!

हाजरा : क्या मतलब?

मंगलसिंह : किसी से कोई मतलब नहीं है मेरा, न आपसे, न बादशाह से, न आपकी सल्तनत से, न इस फरेबी दुनिया से जिसमें जिंदा रहने या न रहने का फैसला आप जैसे बादशाह और बेगम करते हैं। जाइए मौत का फर्मान भिजवाइए।

हाजरा : (**सक्रोध**) हिरन की खाल पहने भेड़िये! अगर इतने ही फकीर होते तो ऐसी दरिंदगी न करते!

मंगलसिंह : असली दरिंदगी आपने देखी ही कहाँ है बेगम साहिबा? (**तुर्शी से**) लेकिन अगर आप पर भी मैं ऐसा इलजाम लगा दूँ तो...?

हाजरा : हम पर? तुम्हारी यह जुर्रत!

मंगलसिंह : तड़प उठीं न! तो क्या आप ही लगा सकती हैं दूसरों पर झूठे इलजामात?

हाजरा : झूठे, मक्कार, तुम्हारी लच्छेदार जुबान काफी धोखा दे चुकी है हमें! अब नहीं चलेगा तुम्हारा जादू हम पर!

मंगलसिंह : (**हल्केपन से**) मोतरमा अभी हमने चलाया ही कहाँ है अपना जादू? देखना चाहेंगी?

हाजरा : (**खीझकर**) ओह कितना बेहया हो सकता है इंसान! लानत है!

मंगलसिंह : कुबूल है! कुबूल है! अब तो दिखाना ही होगा अपना जादू आपको!

हाजरा : **(घबराकर)** क्या? क्या करना चाहते हो? **(चारों ओर देखकर)** कोई है? यहाँ से ले चलो हमें।

मंगलसिंह : कोई नहीं है यहाँ—हमारे और आपके सिवा।

(हाजरा घबराकर उठने लगती है।)

हाजरा : मैं तुम्हें फाँसी पर लटकवाऊँगी, खबरदार! मलिका-ए-आलिया से तमीज से पेश आओ!

मंगलसिंह : अपनी जगह से हिलने की कोशिश न करना! वरना...

हाजरा : वरना क्या?

मंगलसिंह : वरना यह इमारत धधक उठेगी, खाक हो जाएँगी आप। **(तांत्रिकों जैसे हाव-भाव से)** अभी जिन्नात बुलाता हूँ...मैं मंगलसिंह हूँ...

हाजरा : **(तड़पकर)** हाय अल्लाह! क्या करना चाहते हो..... बत्तमीज नमकहराम!

मंगलसिंह : **(नाटकीय इलहाम से)** रूहें चल पड़ी हैं...वो...वो आ रही हैं...सब कुछ साफ हो जाएगा।

हाजरा : किनकी रूहें?

मंगलसिंह : खुद देख लीजिए।

हाजरा : **(काँपते हुए)** हटो, नहीं देखना मुझे यह सब वाहियात....

(मंगलसिंह हाथ फैलाकर हाजरा को रोकता है और तांत्रिकों जैसा अभिनय करता है।)

(सहसा अंधकार, बादलों की गरज। हाजरा की चीख, कोने में धुँधला प्रकाश उभरता है।)

मंगलसिंह : **(विचित्र मुद्रा में)** शुं. शां. आं....रूह चली आओ!

(पर्दे की पीछे से सफेद लबादे में रूह लहराती आती है, उस पर प्रकाश केंद्रित।)

हाजरा : अरे यह तो असदुल्ला है!

मंगलसिंह : **(आदेश से)** रुको असदुल्ला की रूह! बताओ तुम्हारा कत्ल किसने किया....

रूह : **(गूँजती आवाज में)** आदमशाह ने।

मंगलसिंह : कैसे?

रूह : आग में जलवाकर दरिया में फिंकवाया गया।

मंगलसिंह : रूह होकर झूठं? बादशाह कितने रंजीदा हैं? तुम्हारा जनाजा शाही शान से निकाला जा रहा है, तुम्हें नगीना-ए-मुल्क का खिताब दिया गया है।

रूह : फरेबी...झूठा...बेरहम...खूँखार...जहाँपनाह बनता है...

मंगलसिंह : शुक्रिया आप जा सकते हैं!

(जैसे आई थी, उसी तरह लहराती असदुल्ला की रूह चली जाती है।)

(हाजरा के भयाक्रांत चेहरे पर प्रकाश।)

मंगलसिंह : **(नाटकीय मुद्रा में बुदबुदाता हुआ)** आं...रं...ई...तशरीफ लाइए....

(सफेद लबादे में लहराती हुई रूह आती है, हाजरा उत्तेजना में खड़ी हो जाती है....)

हाजरा : मेरे भाई इम्तियाज! **(लपकती है)**

मंगलसिंह : **(कड़ककर)** खामोश आगे मत बढ़ो! रूह के साथ किसी का कोई रिश्ता नहीं होता। **(हाजरा काँपती हुई बैठ जाती है।)**

मंगलसिंह : इम्तियाज मियाँ की रूह! बताइये आपके जिस्म का कत्ल किसने किया?

रूह : कासिमखान ने।

मंगलसिंह : क्यों?

रूह : आदमशाह का हुक्म था....

मंगलसिंह : अँय, क्यों?

रूह : उसे सिपहसालार बनाने का लालच दिया गया था।

मंगलसिंह : तब कासिमखान का कत्ल किसने किया?

रूह : जल्लाद गौसखान ने।

मंगलसिंह : किसके हुक्म से?

रूह : आदमशाह के?

मंगलसिंह : वजह? क्या वजह थी इसकी?

रूह : इम्तियाज के कत्ल का राज छिपाने के लिए।

हाजरा : हाय अल्लाह (**हाजरा बेहोश**)

(मंगलसिंह द्वारा इम्तियाज की रूह को जाने का इशारा। वह चली जाती है। मंगलसिंह हाजरा के चेहरे पर पानी छींटता है। हाजरा होश में आँख फाड़कर देखती, बुदबुदाती है) इम्तियाज... इम्तियाज..

मंगलसिंह : (**मासूमियत से**) मलिका-ए-आलिया वह रूह थी, चली गई।

हाजरा : वजीरेआजम मिन्नत करती हूँ एक बार और मिला दो मेरे इम्तियाज से।

मंगलसिंह : क्या रूह को जिस्म पहना दूँ?

हाजरा : सच पहना सकोगे?

मंगलसिंह : (**जोर से**) इम्तियाज और असदुल्ला की रूहो, जिस्म पहन लो और मलिका-ए-आलिया के सामने हाजिर हो।

(वास्तविक वेशभूषा में दोनों का प्रवेश। हाजरा की आँखें फटी रह जाती हैं। इम्तियाज 'आपा हुजूर' कहते हुए उससे लिपट जाता है।)

हाजरा : इम्तियाज! मेरे बच्चे! तुम रूह तो नहीं हो?

इम्तियाज : रूह कभी किसी की बाँहों में आ सकती है आपा हुजूर?

हाजरा : **(असदुल्ला से)** और तुम? तुम भी असदुल्ला ही हो न? जिंदा असदुल्ला!

असदुल्ला : छूकर देख लीजिए। **(छूती है)**

हाजरा : मेरा दिमाग चकरा रहा है। तुम सबके सब नाटक के किरदार हो क्या? तुम लोग क्या मंतर से जी गए या मरे ही नहीं?

इम्तियाज : **(हँसते हुए)** मैं आपको सब कुछ बता दूँगा आपा जान।

(सब हँसते हैं)

मंगलसिंह : **(गंभीरता से)** आप लोग मुगालते में न रहें, कहानी अभी खत्म नहीं हुई...

हाजरा : **(मुस्कराते हुए)** अब कौन-सी कहानी बची है किस्सागो साहब!

मंगलसिंह : कहानी नहीं, अब सचमुच होगा मंगलसिंह और नूरशाह का कत्ल।

हाजरा : नूरशाह का? सगे भाई का?

मंगलसिंह : **(उपालंभ से)** क्यों? मंगलसिंह के कत्ल पर कोई हैरत नहीं हुई आपको? और नूरशाह के कत्ल पर.....आप इतनी परेशान हो गईं। **(मुस्कराता है)**

हाजरा : **(स्वप्न देखती-सी)** वह प्यारा और नेक इंसान है!

मंगलसिंह : **(शरारत से)** और हम? हम क्या हैं!

हाजरा : **(मुस्कराकर)** शातिर कहीं के! बूढ़े हो चले मगर....

असदुल्ला : बस खत्म कीजिए यह नौटंकी, संजीदगी से सोचना है हमें...

(चारों का पास आकर संकेतों और मुद्राओं से योजना बनाना)

(धीरे-धीरे अंधकार)

दृश्य—सात

दरबार। शाह और दरबारी। सन्नाटा। शाह पर तीव्र प्रकाश। गंभीर, गमगीन, नाटकीय मुद्रा में शाह।

शाह : **(नाटकीय वेदना से स्वगत शैली में भाषण)** सब सूना हो गया। दरबार की रौनकें चली गईं। सिपहसालार असदुल्ला दुनिया से कूच कर गए। सब हमें छोड़ गए! हमारे वफादार कासिमखान का कत्ल हो गया! बेगम के चचाजान इंतकाल फर्मा गए। मासूम इम्तियाज का बेवकूफ फौजी ने खून कर दिया।....वजीरे आजम मंगलसिंह भी कहीं दिखाई नहीं दे रहे। उफ् हमारे लिए सबसे स्याह दिन है आज....

(नूरशाह का फौजियों के साथ तेजी से धमकते हुए प्रवेश।)

नूरशाह : और भी स्याह दिन देखना है अभी, बादशाह सलामत!

शाह : **(तैश में)** हूँ! **(पैंतरा बदलते हुए)** सच कहा मेरे प्यारे भाई नूर! **(प्यार जताते हुए)** अरे हाँ फतेहगढ़ को फतह करने गए थे न!...कर लिया न मेरे बहादुर भाई।

नूरशाह : बस जिंदा लौट आए—आपकी इनायत से!

शाह : आप हमारे बहादुर भाई जो ठहरे! फतेहगढ़ के राजा को तो ठिकाने लगा ही दिया होगा!

नूरशाह : जीत के बाद उन्हें उनका राज वापस कर दिया गया।

शाह : **(नाटकीयता से यथार्थ में लौटते हुए)** ऐं, क्या मतलब? फिर लड़ाई और फतह के क्या मायने? **(कड़ककर)** हमारे हुक्म के बिना कैसे लौटाया? बादशाह के हुक्म के बिना!

असद० की आवाज (पार्श्व से) : नहीं हुजूर, बादशाह सलामत के हुक्म से ही लौटाया गया।

(आदमशाह चौंकता है, भयभीत होता है, फिर सम्हलता है।)

शाह : **(नाटकीय ललक से)** किसकी आवाज है यह? असदुल्ला की लगती है...कहाँ से आ रही है यह आवाज....हमें धोखा हुआ है क्या?

(असदुल्ला का सहसा प्रवेश)

असदुल्ला : नहीं हुजूर आप और धोखा? भला यह कैसे हो सकता है! हाजिर है आपका जिगर असदुल्ला।

शाह : **(नाटकीय प्रसन्नता से)** अरे वाह असदुल्ला खाँ! सिपहसालार!!! आप जिंदा हैं जनाब! खुदा का शुक्र है। **(सपाट शीघ्रता से)** आपकी गैर-मौजूदगी में हमें नूरशाह को चढ़ाई करने भेजना पड़ा? हमें खुशी है कि आपके कत्ल की खबर झूठी थी। ....मगर आप क्या कहते हैं! फतेहगढ़ को वापस करने का हुक्म हमने तो नहीं दिया था!

असदुल्ला : उसकी जरूरत भी नहीं थी हुजूर, बादशाह सलामत नूरशाह का हुक्म काफी था।

शाह : बत्तमीज, क्या बकता है! हम जिंदा हैं अभी। कौन हो सकता है बादशाह हमारे जीते जी? किसने बनाया इस नूरे को बादशाह?

(सहसा मंगलसिंह का प्रवेश)

मंगलसिंह : हमने....हम सबने...सच पूछें तो इनकी बहादुरी ने....

शाह : **(स्थिति को भाँपते हुए नाटकीयता से)** वजीरे आजम! बुजुर्गवार, आप कहाँ चले गए थे? हम आपको खोजते-खोजते बेहाल हो गए! आप लौट आए! क्या बताएँ हम कितने खुश हैं आपको देखकर!.... मगर यह क्या मजाक सूझा है आपको भी इस मौके पर!

मंगलसिंह : यह हकीक़त है जनाब?

(इम्तियाज का आकस्मिक प्रवेश)

इम्तियाज : चचाजान!

शाह : (**पैंतरा बदलकर**) अरे, हमारा प्यारा इम्तियाज! तुम जिंदा हो बेटे! आह! आज हम कितने खुश हैं!

(**हाजरा का इठलाते हुए प्रवेश**)

हाजरा : मारने वाले से बड़ा बचाने वाला होता है...हमने कहा न था......

शाह : (**सहसा बौखलाकर**) तुम...तुम...बेगैरत औरत....दरबार में कैसे चली आई! तुम्हारा ही फैलाया जाल है यह! बदजात! खाविंद को धोखा देकर पराए मर्दों से इश्क लड़ाने वाली घटिया औरत! खुदा के यहाँ तुझे जवाब देना होगा।

हाजरा : चलो, इसी बहाने खुदा तो याद आया आपको!

शाह : नूर! प्यारे भाई! इसके फेर में न पड़ना, नागिन है यह!

नूरशाह : (**हाजरा के पास खड़ा होकर**) खबरदार, मलिका-ए-आलिया की शान के खिलाफ कुछ भी कहा तो सर धड़ से अलग कर दूँगा।

शाह : साजिश! बादशाह के खिलाफ चौतरफा साजिश!! सिपाहियो, इन बागियों को कैद कर लो।

(**कोई नहीं आता, आदमशाह की बदहवासी बढ़ने लगती है, चारों ओर देखता है। दरबारी क्रमशः सिर झुका अचल हो जाते हैं।**)

शाह : (**शफीखान से**) शफीखान! (**वह सिर झुका लेता है**) शफीखान, मेरे अजीज दोस्त, मेरे हमदम.... देख रहे हो न इनकी गुस्ताखी! (**शफीखान नूरशाह के आगे सलामी घुटने टेक देता है।**)

शाह : क्या.....क्या करते हो शफीखान!...तुम तो....

शफीखान : हुजूर हम तो बादशाह सलामत के गुलाम हैं—जो बादशाह हम उसके गुलाम!

नूरशाह : (**शफीखान को ठोकर मारते हुए**) जरूरत नहीं हमें चापलूसों की।

(आदमशाह से) भाईजान! देख लिया न आपने चापलूसों को! (हुक्म देते हुए) आदमशाह को कैद किया जाये।

(तलवारें-भाले लिए सिपाही, आदमशाह को घेर लेते हैं, एक के हाथ से हथकड़ी छीन शफीखान आदमशाह की ओर बढ़ा देता है। आदमशाह झुँझलाता, फुफकारता, काँपता तख्त से उतरता है।)

शाह : बेईमानो....मक्कारो....फरेबियो...मैं...मैं...सबको फाँसी पर लटकाऊँगा, मैं आऊँगा.....मैं फिर आऊँगा.....

(सिपाही ले जाते हैं। सभी घृणा और क्रोध से देखते हैं)

(अंधकार)

दृश्य—आठ

जंजीरों से जकड़ा आदमशाह, कारावास में। प्रकाश धुँधला। पार्श्वों से क्रमशः शफीखान और जल्लाद गौसखान का शिकारी मुद्रा में, भाला ताने, दबे पाँव प्रवेश। नेपथ्य से आतंकी वाद्य-ध्वनि। लंबी छायाओं से भयभीत आदमशाह की फैली आँखों पर प्रकाश केंद्रित। दोनों शाह पर भाले तानते हैं। शाह की आँखों में भयानक स्वप्नानुभव....काल पुरुष का उदय, उसके आगे क्रॉस की मुद्रा में कबीर। पूरे दृश्य में परिवर्तनशील प्रकाश और वाद्य ध्वनियाँ।

काल-पुरुष : (गंभीर स्वर में एकालाप)

बार-बार करता रहा हूँ आगाह मैं

ओ सत्ताधीशो! चढ़ो मत चापलूसों के कंधों पर, चढ़ो मत!

गिरोगे गड्ढे में...निश्चय ही गिरोगे नहुष की तरह...
कूड़ाघर लपेटे कोई नहीं कर सकता लोक-यात्रा
होना होता है नदी...शासक को...बहती हुई निर्मल...

मैं देता रहा हूँ चेतावनी बार-बार—राजन्!
यह राजत्व का घमंड अंधी खोह है
जहाँ बुझा हुआ है न्याय और विवेक का दीपक
यहाँ नहीं दिखेंगी तुम्हें जनता की शिकन,
प्रजा के आँसू
यहाँ तक कि खुद नंगापन अपना।

कुछ भी नहीं है जनता के विश्वास को—
छलने से ज्यादा नृशंस/
कुछ भी नहीं है।....
सिवाय लोकाराधन के, सिवाय
कोई यश नहीं देता किसी सत्ता को।...

डरो, अपयश से डरो!
डरो, अपकर्म से डरो!
ओ हत्यारो! आत्महत्या से डरो!....
सुनें सभी सियासतें सुनें सब साम्राज्य सुनें मेरी प्रतिज्ञा—
शाहंशाह और चक्रवर्ती सुनें, जनतंत्र के सत्ताधीश
और मठाधीश सुनें,
सुनें!.....मैंने आज तक किसी अपराधी को कभी नहीं
किया क्षमा

नहीं किया, करूँगा भी नहीं, नहीं है शब्द "क्षमा"

मेरे अपराध—कोश में

देखो, तना है हर पल सतर्क, सन्नद्ध

अपने सरपर देखो मेरा खड्ग

सना है ताजे खून से!

(बिजली की कड़कड़ाहट और चमक। इसी बीच काल-पुरुष मंच से अंतर्धान हो जाता है।)

रक्तिम प्रकाश में शफीखान और गौसखान आदमशाह की छाती में भाले घुसेड़ देते हैं। शाह भयानक चीख मारकर लुढ़क पड़ता है।

(कबीर अट्टहास करता है।)

नेपथ्य से : क्या यह कहानी यहीं खत्म होती है? क्या हो सकती है कहानी यहीं खत्म?

(नूरशाह सैनिकों के साथ धमकता हुआ मंच पर आता है)

नूरशाह : **(आदेश से)** खत्म कर दो सबको; तमाम बागियों को। जरूरत पड़े तो **(चिल्लाता है)** कत्लेआम।

(नैपथ्य में शस्त्रों की आवाजें, मार-काट चीख चिल्लाहट)

कबीर : **(मंच के मध्य में)** : देखा, यही न करता था इंसाफ की बात! और बादशाह होने के बाद.... !

(पुनः क़त्लेआम की आवाजें नूरशाह का अट्टहास)

(अंधकार)

दृश्य—नौ

मंच पर धीरे-धीरे प्रकाश उभरता है। बीचोंबीच डरी हुई वसुंधरा। कबीर दूर, अविचल खड़ा....दौड़कर कबीर से लिपट जाती है।

वसुंधरा : भयानक...भयानक है यह सब; घोर कुचक्र, अत्याचार, अनाचार, पापाचार.......

कबीर : (**आश्वासन देता हुआ**) हारने से कुछ नहीं होगा वसुंधरा—सत्य का सामना करो और करो अगले संघर्ष की तैयारी।

(**बदहवास चक्रवर्ती हारा थका आता है। कबीर वसुंधरा उसकी दृष्टि के परे एक तरफ खड़े देखते हैं।**)

चक्रवर्ती : (**स्वगत**) लो जीत गया भ्रष्टाचारी मदन मिसर, दल-बदलू अब्दुल्ला और गुंडा काली। मैं हार गया! अकेला....

(**वसुंधरा और कबीर मंच-मध्य में।**)

कबीर : (**चक्रवर्ती को दिखाते हुए**) देखा वसुंधरा, इसी को कहते हैं चोर की कमाई, उचक्के ने खाई।

(**वसुंधरा हँसती है**)

वसुंधरा : (**गंभीर होकर**) कबीर तुमने दिखाया मुझे अतीत, लेकिन तुमने भी देख लिया न अपना प्रजातंत्र! एक भेड़िया हटा तो दस गोरिल्ला घुस आए!

कबीर क्या तुम्हें नहीं लगता कि सभ्यता की इस अनंत यात्रा में

तुम ढोते रहे एक निरर्थ बोझ!

हाथी के दाँत और वनमानुष के जबड़ों का फैलते जाना जारी है अब भी।

षड्यंत्र करती और षड्यंत्रों से निकलने को षड्यंत्र करती सभ्यता

कहाँ बनाती है आदम को आदमी!

सिवा यांत्रिक बदलाव के सिवा

क्या बदला है गर्व करने लायक?

नए मुखौटे पहनने के लिए पुराने मुखौटे उतारने का नाटक

देखते रहोगे कब तक!

कबीर : लेकिन क्या तुम नहीं देख पा रही हो

प्रजातंत्र में जन्म लेती प्रतिरोधी शक्तियाँ!

नहीं देख रही हो

चक्रवर्ती का कूड़े के ढेर पर फेंका जाना?

सत्ता के अहंकार को चूर-चूर कर होते

नहीं देख रही हो अपनी आँखों के आगे?

वसुंधरा : लेकिन जो सत्ता में आए हैं.....?

कबीर : परिवर्तन अपने आपमें शक्ति है। पानी को ऊपर चढ़ाने में कितनी शक्ति लगती है? छानने, कूटने और मथने की प्रक्रिया लंबी होती है। इसमें हमें हिस्सा लेना होगा। भविष्य से हताश होना खुदगर्जी है वसुंधरा!

वसुंधरा : लेकिन भविष्य की परिकल्पना का आधार आखिर वर्तमान ही तो है।

कबीर : नहीं/भविष्य की परिकल्पना ही वर्तमान को बदलती है। यदि ऐसा नहीं होता तो हम तानाशाही से प्रजातंत्र तक की कठिनतम यात्रा कैसे करते?

वसुंधरा : इस यात्रा से मनुष्य को आखिर मिला क्या?

कबीर : यह प्रश्न हम अपने आपसे क्यों नहीं पूछते?

क्या हम स्वयं कहीं न कहीं उत्तरदायी नहीं हैं इस हालत के?

वसुंधरा : क्या कहते हो? हम अकेले, साधारणजन आखिर कर क्या सकते हैं?

कबीर : हम लड़ेंगे अकेले ही।

हमें ही काटनी होगी उदासी की फाँस!

हिस्सा लेना होगा स्वयं के बदलाव में।
कोई नहीं है इस शती में हमारी मदद को, कोई नहीं है
न धन, न सत्ता, न विधान, न कोई दल
इन सबके बिना/ इन सबके बीच/ अपने बूते पर
खड़े होना होगा अकेले.....

(नेपथ्य से गूँजती आवाज के साथ नाटक के सु-पात्र मंच पर चारों ओर से आते हैं।)

कोरस : अकेले नहीं होते वे जिनके साथ है सत्य,
नीति है जिनके साथ वे अकेले कैसे होंगे?
अप्रतिम संगीत का अकेला स्वर
गूँजता है दिशाओं में
पानी का छोटा-सा सोता बन जाता है महानदी......

(सभी कबीर के आसपास एकत्र होते हैं।)

कोरस : माटी कहे कुम्हार से तू क्या रूँदे मोय
एक दिन ऐसा आयगा मैं रूँदूँगी तोय॥[1]

■

---

1. कबीरदास।